NICOLAS BROHON

COUCHSURFEURS

Comment voyager dans le monde sans argent.

Préface

Le Couchsurfing est une nouvelle manière de voyager. Le terme signifie « *surfer d'un canapé à un autre* ». Les membres de la communauté – les couchsurfeurs – se rencontrent sur un site internet. Certains proposent l'hébergement gratuit, d'autres de passer une journée à faire la visite de leur ville, d'autres encore organisent des meetings locaux. Le réseau a été créé en 2004 et compte aujourd'hui plus de 5 millions de membres à travers 200 000 villes.

Le Couchsurfing est un concept basé sur la gratuité, dans le secteur du tourisme, comme Skype ou Facebook le sont dans le secteur de la communication. Toutefois, si la gratuité est un élément attractif pour les couchsurfeurs, c'est avant tout l'aventure humaine et le partage des cultures qu'ils recherchent.

Avant de rencontrer une nouvelle personne, il y a toujours une petite appréhension. On a peut-être échangé quelques mails, on a vu des photos, mais on ne sait jamais vraiment à quoi s'attendre. Est-ce que nos personnalités vont coller ? Allons-nous nous entendre avec celui ou celle dont on va partager le repas, chez qui on va passer la nuit ou à qui on offre notre canapé ? En effet, que ce soit lorsque l'on héberge ou qu'on est hébergé, ce concept nous fait entrer dans l'intimité de l'autre.

Cependant, passés les premiers instants hésitants, le contact se noue généralement assez facilement : les gens qui pratiquent le Couchsurfing sont très souvent des gens ouverts et accueillants, pleins d'anecdotes de voyages et qui savent, autour d'un café ou d'une bière, mettre les autres à l'aise.

En 2012, Couchsurfing se transforme en start-up, devenant privé et ouvrant son bureau à San Francisco, rejoignant TaskRabbit, AirBnb et d'autres dans l'économie prospère du partage.

Le vent se réveille et soulève un rideau de poussière ocre rouge. Le visage d'un jeune garçon est à peine visible. C'est un jeune Kikuyu, une des neuf tribus kenyanes. Il vient à la rencontre de Jérôme et Xavier.

−Musungus, avez-vous vu une jeune femme blanche, allemande, blonde ? J'étais son guide à Mombasa pendant deux jours. Je la cherche depuis des semaines.

Croyant à une blague, les deux amis mettent du temps à réagir. Puis Jérôme dit :

−Désolé, je ne l'ai pas vue.

−Elle faisait du Couchsurfing, elle était tellement gentille. Elle me faisait confiance aveuglément.

−Vraiment ?

−Oui, elle cherchait un guide. Elle voyageait seule. Je l'ai accompagnée partout, dans les bazars. A un moment, elle a voulu s'acheter une bricole dans une des boutiques. Elle m'a chargé d'aller négocier. Elle m'attendait dehors et m'a confié son porte-monnaie. Dedans, il y avait six billets de cinquante euros. J'aurais pu m'enfuir avec. Sa confiance m'a coupé le souffle. La dernière nuit, nous l'avons passée dans le désert. Elle m'a laissée l'embrasser. Elle avait froid et voulait une présence à côté d'elle. Elle a accepté que je dorme collé à elle, mais à une condition : que ma tête soit au niveau de ses jambes, et que je lui tourne le dos.

−C'est dingue ce que tu nous racontes !

−Je suis amoureux d'elle. Je la cherche partout. C'est pourquoi je suis venu jusqu'à Naïrobi. Je suis désespéré. Je pensais que vous la connaissiez. Je veux partir en Allemagne, la retrouver. Ici, je n'ai rien à faire.

Le jeune se retourne à la vue d'une grande blonde au loin. Il se fige un moment.

−Mes amis, c'est elle. Bonne journée.

1

Visiter le monde.

Le portable vibre : une école a besoin d'un remplaçant immédiatement. C'est un Institut Psycho-Pédago-Thérapeutique qui accueille des adolescents en grande difficulté. Jérôme en frémit d'avance. Il saute dans sa voiture. Trente minutes plus tard, il est devant la grille. Ça pétarade. Ça vrombit. Des jeunes à scooters, qui étrennent leurs seize ans, fanfaronnent. La grille est fermée. Il sonne. Pas de réponse. Le regard de Jérôme balaye la cour. Personne. Le directeur doit être occupé. La grille n'est pas si haute. Jérôme décide de l'escalader. Le grand écart est fatal, la conséquence tragique. Le jean se déchire sur plus de dix centimètres. Derrière lui, les jeunes éclatent de rire. Que faire ? Trop tard pour rentrer se changer, les élèves l'attendent. Tant pis, il faut y aller.

Jérôme pénètre dans le bâtiment principal et demande le bureau du directeur. Il le trouve en train de fumer nerveusement.
–Bonjour Monsieur.
L'homme le considère d'un air nonchalant.
–Ah vous voilà. Vous venez de loin ?
–50 km.
–Ah oui. Désolé de vous avoir prévenu si tard, notre professeur a eu un malaise ce matin et n'a pas pu venir.
–Pas de problème j'ai l'habitude.
–Très bien. Alors, n'ayez crainte, certains gamins ont ce que j'appellerais joliment une vacuité abyssale de l'esprit. Malheureusement, chez nous c'est monnaie courante, vous allez vite le constater. Vos élèves vous

attendent dans le préfabriqué numéro un. Bon courage.

Quand il entre, les deux élèves occupés à fouiller l'armoire du fond de la classe ne le remarquent pas. Jérôme laisse passer quelques secondes, puis il se lance.

–Bonjour messieurs.

Les élèves se retournent sans répondre et le regardent d'un air signifiant clairement qu'il n'est pas le bienvenu.

–Asseyez-vous s'il vous plaît.

–Pourquoi faire ?

–On va essayer de travailler un peu, ok ?

A ce moment-là un éducateur tape à la porte. Il est accompagné d'un jeune homme gringalet à la casquette vissée sur la tête. Son pantalon trop large se creuse de plis en spirale. L'éducateur s'adresse à Jérôme.

–Il fait partie de votre classe, je l'ai attrapé dans les couloirs en train de dévisser une porte de classe.

L'éducateur accompagne l'élève à son pupitre. En repassant devant Jérôme il lui lâche dans un murmure :

–Celui-là c'est Diego. Faites gaffe à lui, il a été maltraité toute son enfance. L'an dernier il sautait sur tous les adultes qu'il croisait. En cas de problème, ce bouton actionne une alarme, comme vous l'a sûrement expliqué le directeur. C'est la procédure ici.

Voici le genre d'avertissement qui met à l'aise.

Derrière, les jeunes ont recommencé à fouiller dans les armoires. Ils se disputent un objet. Les interjections révèlent leur appartenance à la communauté des gens du voyage.

–Asseyez-vous, répète Jérôme.

Malgré ses traits secs, il manque d'autorité. Or, en ces lieux, c'est la première qualité requise. A sa surprise les élèves s'exécutent. Seul Diego reste debout au milieu de la pièce. Les sourcils froncés, il défie Jérôme du regard. Le silence envahit la salle. Un silence d'observation mutuelle. Qui va dégainer le premier ?

–Assieds-toi, j'ai prévu un travail sur les équations.

Pas de réponse. Diego le dévisage d'un air amusé. Puis il se détourne et balaye la pièce du regard. Il aperçoit un ordinateur au fond et s'en approche lentement. D'abord sans réaction, Jérôme se dirige vers l'élève qui a déjà allumé l'unité centrale.

–Peux-tu éteindre cet ordinateur et venir t'asseoir à la table ?

Toujours pas de réponse. L'élève commence à parcourir un site de vente de scooters. Agacé, Jérôme saisit la souris et coupe la connexion. Fou de rage, Diego sort de sa poche un cutter, se lève brutalement et vient couper les câbles derrière l'ordinateur.

–Oh putain ! lâche Jérôme.

Au même moment, des coups font trembler la fenêtre. Jérôme se retourne avec angoisse. Les élèves du bloc voisin, soit trois adolescents blafards, un gros, un petit et un grand maigre s'en donnent à cœur joie et balancent coups de pieds et coups de tête pour fracturer cette fenêtre qui les sépare de leurs amis.

–Oh putain...

Jérôme s'avance et leur fait signe de partir. Cette fois, Diego sort un tournevis et tente de démonter le système d'alarme.

–Mais ça va pas ! D'où tu sors ça ? C'est interdit ici ! On ne t'a pas fouillé à l'entrée ?

Un bruit sourd retentit dans son dos. Les trois zombies pénètrent dans la pièce. Le grand maigre saisit la sacoche de Jérôme, posée sur le bureau. Il plonge sa main à l'intérieur et trouve un jeu de clés. Jérôme fonce dans sa direction mais le jeune lance les clés à son acolyte qui court vers la porte dans laquelle il donne un coup de pieds si fort qu'il manque de la démonter. Amusé par la situation, Diego se détourne de l'écran dans lequel il était profondément plongé.

–A moi, envoyez-moi les clés ! crie-t-il.

Voyant que ses camarades n'obtempèrent pas, il se lève, attrape l'un d'eux par les cheveux et le tire en arrière. Ce dernier s'étale brusquement et Diego se saisit des clés. Ayant perdus l'objet de leur jeu, les trois intrus s'enfuient dans leur classe depuis laquelle leur lymphatique éducatrice, elle qui s'est fait gifler un nombre incalculable de fois, observe la scène d'un air lasse. Diego sort à son tour et traverse la cour à toute allure en brandissant les clés comme un trophée. Puis il pénètre dans l'établissement où un éducateur part à sa poursuite, averti par le cri de l'alarme déclenchée. Après une course poursuite des plus haletantes, il est rattrapé et présenté à la direction. Une fois tous les acteurs de cette comédie hors de l'estrade, Jérôme se rassoit et fixe la porte. Que faire ? Rester ou partir ? Une journée banale à l'Institut, une mission de remplacement musclée pour lui.

Un brin râblé, Jérôme porte la trentaine fraîche. Malgré sa vigueur, il commençait à être usé de ce rôle de remplaçant et de l'image dégradée associée à la fonction. A vrai dire il était entré dans cette institution sur un coup de tête. Au chômage depuis peu il avait privilégié la sécurité et suivi les conseils de son entourage. Un matin d'hiver il s'en était allé passer les écrits du concours de professeur spécialisé. Il avait été rappelé pour les oraux où il avait répondu assez convenablement pour être admis. La première année, période d'essai avant la titularisation, avait été difficile. Il avait dû consacrer tout son temps libre à la préparation des cours et à la participation aux différents modules de formation destinés aux professeurs stagiaires. Il avait dû mettre entre parenthèses sa grande passion : les voyages. Désormais il profiterait de son temps libre pour visiter le monde.

2

Pourrir sa page !

Jérôme allume son ordinateur, se connecte au site Couchsurfing et lit ses mails. Parmi ceux-ci, une demande d'accueil datant de la veille.

> *Bonjour !*
> *Je m'appelle Ana. Je suis colombienne et je suis en Allemagne actuellement. Je vais à Strasbourg demain. J'arrive à Paris dans 3 jours et je cherche quelqu'un pour me faire visiter des endroits peu connus des touristes. Tu as l'air vraiment gentil et je pense que nous avons beaucoup de choses en commun. Je parle couramment le français et je pourrai t'apprendre l'espagnol. Seras-tu disponible la journée ?*
> *A bientôt peut-être.*
> *Ana.*

Jérôme hésite un instant. Cela fait des mois qu'il ne fait que regarder des profils sur le site mais cette fois-ci il se lance et accepte. Il appelle sa sœur Adèle pour lui annoncer la nouvelle.
—Ok. On l'installera où ? demande-t-elle.
—Je lui donnerai ma chambre et moi j'irai sur le canapé.

Alors qu'il se connecte par hasard dans la soirée, une nouvelle demande apparaît.

> *Bonjour !*
> *Finalement j'ai trouvé un billet pour aujourd'hui. Mon train arrive à*

22h35.
Tu peux être là ?
Ana.

–Waw ! Ana a envoyé un message à une heure de l'après-midi ! Elle dit que
son train arrive à 22h35.
–Elle devait pas arriver demain ?
–Bah écoute, à cet instant, la seule option possible est que je fonce la
récupérer.
–Elle doit être mal tout ce temps sans réponse.
–Prépare sa piaule.

L'arrivée du train en provenance de Strasbourg est annoncée à l'heure.
Jérôme est pris d'un doute. Son esprit se confond devant ces innombrables
voies.
Autour de lui, des gens pressés vont et viennent. Jérôme est tendu. Et si Ana
avait annulé son train à cause de lui ? Finalement, le train arrive à quai. Le
tumulte assourdi des passants complique la tâche. Impossible de distinguer
une personne perdue parmi des silhouettes exagérément similaires dans
cette obscurité. Le regard de Jérôme se noie dans la foule. Une jeune femme
approche. Une forme pyramidale sous une robe Vichy. Ça peut pas être elle.
Il jette un coup d'œil à la photo d'Ana. Il devient nerveux au fur et à mesure
que le quai se vide. L'impatience le gagne. La masse grouillante des
voyageurs l'angoisse. Encore une mêlée qui passe. Soudain cette fille
traînant une valise à roulettes. Elle a la peau dorée, un ovale fin en guise de
visage, presque pas de pommettes, des yeux en amande, les cheveux d'un
noir brillant tressés en nattes épaisses qui se massent de chaque côté de ses
joues lisses. Elle porte un bandana autour du cou. Jérôme se remémore la
photo qu'il n'a plus le temps de regarder de peur de rater la fille. Tant pis,
quitte à se tromper autant ne pas passer à côté.
–Ana ? bredouille-t-il.
Elle le considère. Il tressaille.
–Jérôme ? répond-elle d'une voix soulagée. Dieu est au-dessus de moi ! J'ai
passé un très mauvais voyage. Je regardais mes mails toutes les cinq
minutes en attente de ta réponse qui n'arrivait pas ! Je pensais que tu avais

changé d'avis. J'aurais dû chercher un hôtel à cette heure-là. Et là tu es là pour moi.

Elle le sert dans ses bras.

–Et oui je suis là pour toi.

–Oui heureusement. Désolée, j'ai prévenu de mon changement de plan un peu tard. J'avais tellement hâte de venir à Paris ! Je ne voulais pas attendre un jour de plus ! Alors j'ai échangé les billets hier et je t'ai envoyé un mail sans savoir si tu l'aurais suffisamment tôt pour pouvoir m'accueillir ce soir ! Oui je sais je suis un peu impulsive ! Mais c'est les vacances, et puis c'est Paris ! dit-elle avec un grand sourire.

–Tu as de la chance, je me suis connecté par hasard il y a deux heures. Quand j'ai vu ton mail, je n'ai pas hésité, j'ai sauté dans le métro.

–Tu es trop gentil ! *Muchas gracias* ! Au pire, je serais partie au meeting hebdomadaire du groupe Couchsurfing de Paris, c'était ce soir !

–Je vois que tu as une grosse valise, allez viens je t'aide à la porter.

Jérôme empoigne la valise.

–Oui mes vacances c'est l'aventure mais je reste une fille, j'ai pris beaucoup de vêtements. Paris c'est la capitale de la mode, non ?

Jérôme en tête, ils se frayent alors un chemin à travers la foule encore dense à cette heure-ci.

–J'habite à trente minutes d'ici en métro.

–Ok, il faut que j'achète un ticket ?

Devant eux, deux individus enjambent les tourniquets.

–Pas besoin, tu veux faire comme eux ? lui lance Jérôme dans un grand sourire.

–Oh non je n'oserais pas. Je ne veux pas finir au poste pour mon premier jour à Paris !

–Tiens, j'ai prévu un ticket pour toi. Ce sera plus simple. Alors raconte-moi, tu as envoyé beaucoup de demandes ?

–Oui, j'en ai envoyées beaucoup mais seulement trois personnes m'ont acceptée.

–Pourquoi m'avoir choisi moi ?

–L'un était un homme avec un grand appartement, mais il paraissait snob sur les photos. L'autre était une jeune fille mais elle vivait en banlieue assez loin de Paris.

–Mon appartement est en banlieue aussi, mais vraiment très proche. Tu pourras aller à Paris tous les jours très facilement. J'habite avec ma sœur et son copain qui est aussi mon meilleur ami. C'est avec lui que je fais tous mes voyages.

–Ok, ça va être sympa alors.

–Salut, voici Ana, lance Jérôme à la cantonade.

Adèle est assise en tailleur sur le canapé, Xavier est avachi à ses côtés. Xavier est le colocataire de Jérôme et accessoirement son beau-frère. Son nez aquilin prend racine à l'endroit où se confondent les sourcils et sa carcasse dépasse le mètre quatre-vingt-cinq. Il se redresse quand il voit la demoiselle.

–Bienvenue, engage Adèle. Tu es étudiante ?

–Oui, j'étudie l'architecture à Bogotá.

–Ici tu es servie ! On a plein de quartiers différents du point de vue de l'architecture. Je t'aurais bien fait la visite mais je travaille toute la semaine. Dommage.

–Ah oui, que fais-tu comme travail ?

–Je suis décoratrice d'intérieur. J'adore ça. L'inconvénient c'est que ça ne me laisse pas beaucoup de temps pour voyager comme toi...

–Moi j'en profite tant que je suis étudiante.

–Tu as raison. Regarde ces deux fainéants. Ils passent leur temps à se plaindre de leur boulot de prof mais des vacances ils en ont à la pelle !

–Fainéants, parle pour toi ! Il faut se les coltiner les élèves, dit Xavier en lui lançant un coussin.

Ana rit.

–Tu es prof aussi ?

–C'est ça. Prof de métré.

En voyant l'expression d'Ana, il comprend que des explications s'imposent.

–J'apprends à mes élèves à prendre les mesures des bâtiments, en gros.

–Ah d'accord.

–La particularité est que mes élèves sont des patrons. Mais ce sont des vrais gamins, incorrigibles !

Tout le monde rit aux éclats.

–Ils sont pires que les élèves de Jérôme alors ? ironise Ana.

–Il t'a déjà raconté ? demande Adèle.

–Oui. C'est incroyable ! Et sinon vous voyagez tous ensemble ?

–Moi non, répond Adèle. Je les laisse se débrouiller tout seul, la plupart du temps...

–Quels voyages avez-vous fait ?

–Beaucoup le Moyen-Orient, l'Europe, reprend Jérôme.

–Il faut venir en Amérique Latine!

–Bientôt.

–Et à chaque fois vous faites du Couchsurfing ?

–L'an dernier je n'ai pas vraiment eu l'occasion, déplore Jérôme. Mais avant je voyageais exclusivement par Couchsurfing.

–Et quel est ton meilleur souvenir ?

–L'Iran, sans aucun doute. Avec Xavier on est resté dans un grand appartement à Téhéran chez une fille qui vivait avec ses cousines et ses tantes. Elles ont organisé une fête pour notre départ. En fin de soirée, elles ont éteint les lumières, poussé les tables et nous ont tirés sur la piste de danse improvisée pour l'occasion. On devait être au moins vingt. C'était dingue ! Si loin des stéréotypes que l'on a de ces gens. Vraiment c'était incroyable !

–Et toi Ana, c'est la première fois que tu fais du Couchsurfing ? demande Adèle.

–Non, mais je n'ai pas encore beaucoup d'expérience. J'étais tellement stressée au début et puis là je me sens bien.

–Bienvenue.

–Merci. Je suis encore une débutante, j'ai toujours peur d'être maladroite. Mais je suis sûre qu'après plusieurs expériences mon état d'esprit sera plutôt « *Ah, enfin on se rencontre !* ». Et toi Adèle, tu ne fais pas de Couchsurfing ?

–Si mais pour l'instant c'est seulement en tant qu'hôte. Jérôme et Xavier aiment bien recevoir. Donc je vois passer plein de voyageurs toute l'année. C'est cool et super enrichissant !

–Bon Ana, je te montre ta chambre.

–Tu as prévu une chambre juste pour moi ?

–Bien sûr, je te laisse la mienne. Tu es notre invitée, moi je dors sur le canapé.

–Ok, tu es vraiment très gentil.

–Ah oui, c'est bizarre, il est pas toujours aussi gentil, en tout cas avec nous. Non je rigole. C'est un ange mon frère.

Jérôme lance un regard gêné à sa sœur.

–Viens c'est par là. Je t'ai fait un peu de place dans cette armoire ici. Prends le temps de bien t'installer. Fais comme chez toi.

–Tu auras le temps de me montrer la ville ?

–Cette semaine c'est un peu compliqué. Mais jeudi après-midi ça devrait le faire.

Un vernissage sur l'art New-Yorkais attire une foule sur le toit des *Galeries Lafayette*. A l'entrée, l'artiste un peu déluré dédicace, en improvisant, des dessins sur les thèmes choisis par les clients. La queue se poursuit jusque dans les escaliers intérieurs. *Phats & Small* fait tourner les têtes déjà bien échauffées par l'alcool mis à disposition.

Ana et Jérôme admirent la vue sur la capitale.

–Pour ton information, dit Jérôme, les industries sont implantées à l'est pour éviter que le vent d'ouest pousse la poussière sur Paris. Du coup à l'ouest on trouve surtout des quartiers résidentiels.

Derrière eux, une demoiselle le fixe bouche baie.

–Ah ouais, carrément... J'avais pas vu ça sous cet angle...

Ana et Jérôme éclatent de rire. Puis ils vont s'asseoir sur une banquette en fourrure. Un vieil homme y est avachi. Il s'adresse à Ana.

–Qu'est-ce qu'on s'ennuie ici. Tiens, admirez un peu la gonzesse à la poitrine généreuse. J'ai toujours eu un faible pour les grosses dames. C'est ma bourgeoise, crache-t-il.

Ana l'ignore. Il continue.

–Qui va acheter de telles horreurs ? beugle-t-il en postillonnant par la même occasion. Sa bonne femme roupille déjà.

–Qu'est-ce que tu penses de son travail Ana ? demande Jérôme.

–Je trouve son travail intéressant. J'adore l'art moderne.

Jérôme reste fixé sur les lèvres d'Ana.

–Je vais aller me servir à boire, dit-elle.

17

–Prenez trois ou quatre verres au moins, dit le vieux.

–Vous m'aidez ? sourit-elle.

–Avec plaisir.

Le vieux se redresse avec difficulté. Ana le rassoit.

–Je vais aller me servir toute seule, c'est préférable.

Jérôme la suit.

–En tout cas je voulais te remercier de m'avoir accordée cet après-midi Jérôme. Tu n'étais pas obligé.

–Tu penses, ça me fait super plaisir ! Et puis tu m'as dit que tu aimais l'art !

–Au fait, quand je t'ai dit que seules trois personnes m'ont répondue, ce n'est pas tout à fait juste. Je voulais dire seules trois personnes correctes m'ont répondue.

–Comment ça ?

–En vérité j'ai reçu plein de messages de mecs un peu bizarres. Ces messages sont souvent tournés de la même manière : *tu as l'air sympa sur les photos*. Non mais laisse tomber ! Si tu cherches un plan il y a d'autres sites pour ça !

–C'est clair. C'est du couch-dating ! En parlant de ça, tu as entendu l'histoire de ce mexicain, Ricardo ? Il dit vivre dans un quartier branché et offrir un « canapé de qualité ». Il aurait reçu huit filles en six mois et couché avec cinq d'entre elles. Ce qui fait, d'après ses termes, un « taux de réussite » de 62% !

–Exactement ! Ces gens-là utilisent le site de manière détournée, c'est grave ! Mais la façon dont le site est construit incite beaucoup de membres à se comporter comme ça. C'est vrai, ils savent ce que tu aimes, ce que tu n'aimes pas, tes passions, ton travail, et au final ils connaissent ta mentalité ! Imagine, j'ai même reçu un message d'un mec qui montraient ses muscles sur les photos et qui écrivait « *salut, j'accepte que les nanas* » ! Au secours !

–C'est clair.

–Mais je ne suis pas parano pour autant. Je me fie à mon instinct. Au début, je contactais uniquement des profils avec beaucoup de références. Maintenant, je prends plus de risques. Je filtre les profils connectés les dernières 24h. Ce sont des profils actifs que je cherche. Et parmi eux, j'envoie une demande à des gens référencés et à des gens sans référence.

Ça peut réserver des surprises !

–Je suis d'accord. Mais beaucoup de couchsurfeurs osent aussi parce que la plupart sont des aventuriers et ne cherchent pas d'engagement. Ils sont un peu rebelles et ont l'habitude de « casser les règles de vie habituelles ».

–Bon, que fait-on après ? On se prend une glace ?

–Bonne idée !

Neuf heures. Jérôme se connecte.

Bonjour,
je fais appel à toi car je suis arrivée à Paris hier mais je ne me sens pas en sécurité. S'il te plaît, peux-tu m'accueillir ? Merci.
Jin-Sang

Jérôme sélectionne *may be*. Le même message apparaît également sur la page communautaire de Paris. Jérôme n'est pas très emballé car il a beaucoup de travail. Mais il se souvient de l'accueil chaleureux qu'il a reçu lors de ses précédentes expériences. Il hésite. Cette fille à toutes les chances de trouver un hôte.

Quinze heures.

Je m'adresse à toi à nouveau car je ne sais pas où aller ce soir. Personne ne m'a répondue. S'il te plaît, je cherche une personne de confiance chez qui dormir ce soir. C'est urgent.
Jin-Sang

De *may be*, le statut passe à *accepted*. Jérôme fixe le rendez-vous devant la mairie de Malakoff pour dix-neuf heures.

Un regard panoramique caché derrière une frange carrée balaye la place. Le visage rond, elle porte sur son dos cambré un sac de randonnée au moins aussi lourd qu'elle. Elle semble harassée. Les traits de son visage sont tirés. Sa façon de se tenir est un appel à l'aide. Elle craint d'attendre pour rien. Le gars a mis du temps à répondre favorablement. Peut-être a-t-il finalement renoncé ? En se retournant, elle est attirée par Jérôme qui lui fait un signe amical de la main. Elle lui rend un grand sourire de soulagement.

Jin-Sang se tient toute droite au milieu du salon. Attentivement, elle écoute Jérôme lui faire la visite de l'appartement. Ça fait bien cinq minutes qu'elle est là et elle porte toujours sa masse informe sur le dos. Xavier est parti en formation. C'est un cas d'urgence. Elle prendra sa chambre.

Assise pieds nus sur le canapé du salon, Ana feuillette un magazine devant un tube d'*Oasis*. Elle semble déjà familiarisée avec les lieux. Ce qui détend Jin-Sang. La coréenne manie parfaitement l'anglais, ce qui stupéfait Jérôme. La langue de cette fille est tellement différente des langues anglo-saxonnes. Sur le moment il éprouve un complexe qu'il va conserver tout au long de la conversation.

–C'est drôle, dit Ana, ma première invitée était une coréenne. Elle était méfiante. Du coup elle avait préféré dormir toute habillée à même le sol !

Jin-Sang fait le récit de son voyage sur un continent si éloigné de sa culture et qui a débuté il y a un mois. Avant-hier elle a quitté l'Angleterre pour rejoindre Paris où elle a logé chez un couchsurfeur. Le gars approchait la soixantaine et avait la particularité d'être nudiste. Il se pavanait sans retenue devant la nouvelle venue pour lui faire apprécier les charmes de ce romantique pays. Celui-ci s'était bien gardé de dire qu'il n'avait que son lit à partager. Elle raconte comme si elle revivait la scène. Un vrai film d'horreur.

« *Des bras velus avaient resserré l'étreinte sur elle. D'un coup de talon bien placé elle avait réussi à s'en échapper. Elle s'était glissée hors du lit, avait enfilé une veste, saisit un sac, et dans la panique de l'obscurité laissé tomber son pull en grosses mailles. Elle avait remonté brutalement le verrou et fui sans se retourner.*

Dehors, le froid agressait ses joues. Les bottes en fourrure éclaboussaient les flaques de la chaussée. A cette heure de la nuit, aucun parisien ne s'aventurait dehors. Elle défila au hasard, parfois à droite, parfois à gauche, mais elle n'emprunta jamais les boulevards. Ne pas s'arrêter fut la seule règle qu'elle

s'imposa. Quelques rares enseignes éclairaient ses pas. Devant, la luminosité d'un fast food l'attira. Elle poussa la porte.
Vêtue d'une veste cuir et feutrine, la frange carrée qui couvrait des yeux étirés à l'extrême, elle avala un café tout en tapant nerveusement sur son clavier. L'engueulade d'un couple à la table de devant la dévia de sa tâche. Étrangement, cette scène la rassura. C'était bruyant, mouvementé, vivant. »

–Je suis tombée dans son piège depuis le début. Il souriait à moitié sur les photos, portant son verre de vin et son toast. Son profil sautait les basiques : il n'avait aucune description de lui-même, il n'avait rien écrit dans la catégorie « quelles sont mes meilleurs souvenirs de Couchsurfing ». De toute façon j'avais compris son intention lorsque je suis arrivée chez lui et que je n'ai vu aucun matelas, aucun canapé sur lesquels je pouvais dormir. Et puis il est venu me chercher à la gare, ce qui n'était pas prévu. J'étais tellement mal à l'aise. Il m'a même invitée à prendre un verre. Il voulait tout payer, c'était très gênant ! Il m'a carrément suivie toute la journée. Pourtant, visiter des musées ça l'intéressait pas vraiment...
Ana bouillie intérieurement.
 – C'est un schéma d'attaque traditionnel. Après ça tu lui as laissé une référence négative ?
–Non, je n'ai rien écrit.
–Mais si tu ne le fais pas cela risque d'arriver à une autre fille. Préviens au moins qu'un mouton noir sévit dans la ville. Là tu le mets hors-circuit.
–Elle a raison, dit Jérôme. Tu ne devrais pas laisser filer un type comme ça.
–Viens on va pourrir sa page ! propose Ana.
–Avec joie !
Saisissant l'ordinateur, Jin-Sang se connecte et parcourt le profil du vieil homme. Elle clique sur *rapport à l'administrateur* dans lequel elle explique ce qui lui est arrivée. Ensuite, elle se rend sur la page des références, ouvre le menu déroulant et choisit *négatif.* Comme argument elle écrit :

Éloignez-vous de ce prédateur. Il échange de sympathiques messages mais une fois que vous serez prise au piège, il ne vous proposera que son lit à partager. Et si vous acceptez vous aurez le privilège de faire connaissance avec ses grosses mains baladeuses. A bon entendeur... fuyez !

–Voilà, là tu peux avoir la conscience tranquille d'avoir fait ton devoir, approuve Ana. Maintenant il va être définitivement banni. En Californie, j'ai dormi chez Jeff, un mec super riche. Il avait aménagé un espace pour accueillir des gens en Air B&B. Il y avait un jeune indien qui louait. Je me souviens plus de son nom. Il était super coincé, toujours planqué derrière son ordinateur. Puis, il y avait Serena, une femme d'une quarantaine d'années. Elle par contre c'était une couchsurfeuse. Elle était d'une vulgarité, toujours à déambuler en petite tenue. Bref, l'indien ça le gênait. Un matin, Serena se promenait en peignoir et elle a commencé à chauffer tout le monde dans la maison. Elle misait particulièrement sur Jeff. Ça faisait bien trois jours qu'elle lui faisait des avances mais lui il s'en fichait pas mal. Elle en a tellement eu marre de voir que sa stratégie était vaine qu'elle a commencé à renverser la corbeille de fruits et à se pencher, jambes tendues, pour les ramasser. C'était du délire ! On voyait absolument tout ! Le mieux placé c'était l'indien. Le pauvre ! Il ne décollait pas ses yeux de l'écran ! Qu'est-ce qu'il doit penser de l'occident !

–Et comment ça s'est terminé ? demande Jin-Sang, impatiente.

–Serena a compris qu'elle n'arriverait pas à ses fins. Elle s'est emballée en se vantant que chacune de ses expériences en Couchsurfing avait fini au lit ! Elle n'avait pas honte ! Après quoi elle a fait sa valise et s'en est allée chercher un autre hôte. En rentrant chez moi j'ai envoyé un message à Jeff pour lui conseiller de poster une note négative sur la page de Serena. Je sais pas si ça a changé quelque chose pour elle.

–Couchsurfing c'est une micro-société finalement. Tu as des gens bien et tu as des cas, relève Jérôme.

–Mon premier couchsurfeur était un coréen, poursuit Ana. Il travaillait chez *Samsung* depuis quatre ans. Le pauvre, c'était son premier congé. Quand je l'ai récupéré il n'avait qu'une journée devant lui. Il avait planifié son voyage au millimètre : un jour par pays d'Amérique Latine. Finalement il passait son temps dans les trains. Arrivés dans la maison de mes parents, je lui ai dit : « *Bon, qu'est-ce qui te ferait plaisir ?* ». Il m'a répondu qu'il souhaitait voir un coucher de soleil. Je lui ai proposé d'aller rejoindre mes cousines à une terrasse de café célèbre pour ses couchers de soleil. Pris d'une soudaine excitation il s'est mis à danser et à tourner sur lui-même. Il ne se contrôlait plus, jusqu'à perdre l'équilibre et faire un rouler-bouler dans les escaliers. Le pauvre vraiment.

–Et ce coucher de soleil alors ? interroge Jérôme.

–Il s'est vite ressaisi. Il n'allait pas manquer son unique jour en Colombie !

–Dans le genre bizarre, dit Jérôme, on a reçu la semaine dernière un groupe de cinq nanas, des danoises. Elles nous avaient prévenus qu'elles comptaient parcourir l'Allemagne et le nord de la France à vélo. On a trouvé ce projet plutôt cool. D'autant qu'elles devaient rester trois jours à l'appart. Bon, déjà elles sont arrivées à vingt-deux heures trente au lieu du début d'après-midi comme convenu dans leur message.

–Elles avaient toutes un profil ? questionne Ana.

–Justement non. Seule l'une d'elles avait fait l'effort d'en créer un. Mais j'ai pas tiqué là-dessus. Bref, elles arrivent crevées, pas très causantes. Y en a même une qui fait la tronche. Elles se lavent à la chaîne, monopolisent la salle de bain, ne veulent rien avaler et s'en vont se coucher. A l'aube j'ai été réveillé par des bruits de sonnettes. En regardant par la fenêtre je les vois repartir.

–Quelle audace ! s'emporte Jin-Sang. As-tu laissé une référence ?

–Aucune, avoue Jérôme en faisant la moue comme pour montrer son regret.

–Tu aurais dû leur laisser une référence, dit Ana. Elles ne méritent pas une référence négative car elles n'ont pas été injurieuses. *Neutre* aurait suffi. Cela aurait fait tâche sur leur profil.

3

Tu crois qu'il faut qu'on paie ?

Le regard est éteint, les paupières tombantes. Le carmin est étalé à la perfection. Adèle prend une profonde inspiration et ferme les yeux. Son nez se relève dans l'air froid. Son regard tente de se concentrer sur une source. Un rayon de soleil provoque chez elle un léger mouvement de tête. Ses yeux s'égarent. Assise sur le perron d'une résidence, elle éteint sa cigarette avec l'index et réajuste sa robe à fleurs.

Un camaïeu de gris dans les nuages, un vent qui agite les arbres nus, un vide sidéral dans les rues de Malakoff. La brume d'un interminable automne remonte du sol jusqu'à créer de la buée. Sur le canapé au cuir craquelé, la nuque calée sur un coussin, Xavier somnole.
–Tu ne travailles pas aujourd'hui ? lui lance Adèle.
–Lâche-moi avec ça.
–Cette veste, c'est ta tenue de travail pourtant ?
–Je suis de congé pour deux jours. Tu ne te souviens pas ?
–T'es super irritable ces derniers temps.
–C'est juste que ce boulot me rend dingue.
–Tu as peut-être simplement besoin de changer d'air ?
–On part avec ton frère.
–Tu ne m'en as pas parlé, dit-elle en prenant soin de ne pas prendre un ton offensif.
–Tu le sais maintenant. On part la semaine prochaine aux Pays-Bas.
–Mes vacances sont dans deux semaines, rétorque-t-elle avec un ton moins conciliant.
–Tu peux nous rejoindre... dit-il nonchalamment.

–Je vais y réfléchir.

De la pièce voisine, Jérôme appelle sa sœur. Adèle en profite pour fuir l'ambiance devenue pesante.

–C'est Ana. Elle m'a *vouch for*.

–Ce qui veut dire ?

–Sur le site Couchsurfing, *Vouch For* c'est un label. *Vouch* c'est « *voté* ». Seuls les membres votés quatre fois sont des personnes dignes de confiance. Grâce à ça, les gens hésiteront désormais beaucoup moins avant de m'accueillir.

–Qu'as-tu fait pour mériter ça ?

–Ah ah ! Tu sous-entends quoi ? J'ai été disponible, voilà tout !

–Qu'est-ce qu'elle avait de spécial ?

–Elle souriait tout le temps. Je crois que je ne l'ai jamais vu se plaindre. Elle avait tellement d'énergie.

Adèle fixe son frère un moment. Elle le sert dans ses bras longuement.

–Tiens regarde. Elle nous invite à Bogotá, reprend-t-il.

–Cool, depuis le temps que je veux y aller. Tout ça me donne envie d'ouvrir un profil à mon tour. Moi aussi j'ai envie d'accueillir des gens.

La gare routière d'Amsterdam donne directement sur un parking où s'entassent des centaines de vélos. Cela est ici le moyen de locomotion privilégié. Rois de la route, les cyclistes circulent sans crainte, à toute allure. De la jolie étudiante, au père de famille accompagné de ses enfants en passant par le jeune cadre costard-cravate, toutes les catégories sociales se croisent sur l'asphalte. Xavier et Jérôme sont pressés : direction le premier coffee-shop venu. Le programme de la journée est simple : fumer le maximum de joints possibles. La dose pouvant être achetée dans chaque magasin étant limitée, l'objectif ne pourra être réalisé qu'au prix d'une longue tournée.

A la sortie du dernier, il est déjà l'heure de se rendre chez leur hôte Joannes. Celui-ci habite à une bonne heure de marche. Peu à peu les deux amis se perdent le long d'un canal. Pour changer de trottoir il faut le longer presque entièrement. Ils finissent par tomber sur la maison d'Ann Frank.

–Y en a marre. Ann dis-moi où est l'avenue. Je m'y perds avec tous ces canaux. Ça me file le mal de mer, s'énerve Xavier.

D'abord il titube. Puis il finit à quatre pattes. La tête entre les mains, les coudes au sol, il rit aux larmes. Jérôme l'aide à se relever mais il manque un appui et s'affale, menton en avant. Inconscients de l'image qu'ils donnent d'eux, ils regardent le ciel leur tomber sur la tête. Xavier sourit. Il est heureux, presque jovial. Il se sent léger. Cette ville est si belle, son fleuve l'Amstel est si paisible. Il se redresse et se traîne jusqu'à un banc. Le fleuve s'agite, on dirait qu'il va déborder. Une crue s'annonce. Les vagues deviennent menaçantes. Il faut partir de là, mais pour aller où ? Il y a la mer en face aussi. Ils sont cernés par la toile d'araignée que forment les canaux.

–J'aperçois un pont tout droit ! dit Jérôme.

Puis c'est le trou noir.

Ils ne savent pas comment ils ont fait pour se retrouver dans le parc. Des coups de marteau résonnent dans les tempes de Xavier. Jérôme est debout à ses côtés. Il a déjà repris ses esprits. Il étudie le plan de cette maudite ville, puis il fouille dans les notes de son téléphone l'adresse de Joannes. Celle-ci est compliquée à trouver car elle indique un bâtiment faisant partie d'une résidence isolée par deux grands boulevards parallèles. Une fois terminés les allers-retours le long de l'avenue perpendiculaire à ces deux boulevards, ils arrivent devant la résidence et cherchent le bâtiment C. Sur le tableau de l'interphone ils trouvent le nom Van Gaal. Jérôme sonne et une porte s'ouvre lourdement. Le bâtiment a l'allure d'un parking. Il en a en tout cas l'odeur. Joannes habite le troisième. Jérôme toque à sa porte. Il apparaît : c'est un grand rouquin d'une vingtaine d'années. Ce qui apparaît derrière lui n'est pas ce à quoi Jérôme s'attendait. C'est un grand couloir collectif où, tous les trois mètres, des chambres privées se font face. En fait Joannes partage l'étage avec d'autres étudiants.

–Bienvenue dans la résidence. Venez, je vais vous présenter à mes amis, ils sont posés dans le salon.

Xavier et Jérôme traversent le couloir. Les sanitaires forment un gros bloc qui scinde l'étage en deux. Ces sanitaires ressemblent à ceux qu'on a l'habitude de trouver dans les campings. Partout sont affichés des *post-it* « *Tirer la chasse d'eau jusqu'à disparition du jaune* », « *utiliser sa serviette* », « *ne pas inonder* », « *nettoyer ses poils sous réserve de tout boucher* »,

« prendre obligatoirement une douche tous les jours ». Entre la fin du couloir et le salon sont parqués des caddies où toutes sortes de choses inutiles s'entassent.

–Lui c'est Berthold, dit Joannes. Il est allemand. Elle c'est Elisa. Elle est anglaise. Et Marylin est aussi anglaise. C'est ma copine. Il y a aussi un chinois mais on le voit jamais, sauf quand il vient se servir dans le frigo.

Marylin s'adresse à Jérôme.

–Je ne sais pas pourquoi mais à chaque fois que je vais à Paris je ne comprends pas les français quand ils s'expriment en anglais. Vous avez un accent vraiment bizarre.

Les français acquiescent mollement...

–Et enfin voici Anselme, reprend Joannes. Il est norvégien.

Anselme est très pale et ses cheveux raides qui lui tombent sur les yeux sont d'un blond presque doré. Ses yeux verts clairs accentuent la pâleur de son visage.

–Tu-veux-une-bière ? propose-t-il en français en articulant à chaque syllabe. Il provoque les bassesses.

Marylin scrute Jérôme un moment.

–Vous êtes membres depuis combien de temps ?

–Trois ans pourquoi ?

–Parce qu'on reçoit pas mal de monde et ces derniers temps on a remarqué que les profils baissent en qualité.

–C'est-à-dire ?

–Bah, de plus en plus de couchsurfeurs ont une approche consumériste. Genre, je peux profiter de la gratuité pour prolonger mes vacances. Avant, c'était vraiment l'échange culturel qui primait. C'est dommage.

–Oui, j'ai déjà rencontré des couchsurfeurs qui faisaient ça uniquement pour éviter à tout prix de payer. La faute aux émissions de télé qui présentent le Couchsurfing comme quelque chose de gratuit. Les gens retiennent cet aspect en premier.

–Oui, je veux dire, il y a deux ans, on recevait pas mal de couchsurfeurs qui restaient un jour ou deux. Ils ne montraient pas d'intérêt autre que culturel. Cette année par contre, on a vu de sacrés profiteurs.

–Des squatteurs tu veux dire ! coupe Anselme. Les mecs qui envoient un copier-coller sans même écrire le prénom du destinataire et qui partent comme des voleurs. Souviens-toi de cet américain qui est resté deux semaines !

–On n'est pas comme ça, rassures-toi.

–C'est pour ça que je vous ai acceptés les gars, avoue Joannes. On cerne les gens assez facilement à travers leurs profils.

–Ouais, genre les mecs qui n'ont que des nanas qui leur laissent des références, coupe Elisa. De vrais couch-chopeurs !

–Quand Xavier était absent j'ai accueilli une coréenne. Elle a vécu un moment compliqué avec son hôte qui n'avait qu'un lit. Elle a fait la bêtise de rester. Et forcément, est arrivé ce qu'il devait arriver.

–C'est pas vrai... dit Berthold.

–Heureusement elle a pu se sauver. Mais elle ne voulait pas laisser de référence négative.

–Le problème avec les références c'est qu'elles n'empêchent pas les esprits mal tournés de continuer à se faire héberger car il faut oser laisser une référence négative, poursuit Anselme. En général, tu reçois des insultes en retour. Et puis la personne peut très bien s'entendre avec un autre hôte qui s'extasiera de ses qualités. Du coup celui d'avant qui a laissé un commentaire négatif passe pour un blaireau.

–Vous avez entendu l'histoire de ce couple à Lyon qui a hébergé un russe ? demande Marylin. Ils allaient se fiancer. La fille était au chômage donc elle en a profité pour faire la visite de la ville au russe la journée. Et lorsque son futur fiancé est parti en voyage d'affaires, elle s'est tirée en Russie avec le mec.

–Rectification, dit Elisa, c'est le mec qui est parti en Russie...

–On est loin, très loin de l'esprit du début du Couchsurfing, conclue Marylin. Avec Elisa, nous sommes allées en Allemagne chez un couchsurfeur. On a *skypé* avec lui avant notre venue. Il nous semblait super sympa. Donc on est arrivées chez lui, il nous montre où nous allions dormir. Chacune dans un lit simple et lui sur le canapé. Rien de plus normal. Jusqu'ici tout allait bien. La nuit arrive, le mec tourne autour, ça nous paraissait louche. Puis il dit à Elisa « *je peux ?* ». On a fait semblant de pas comprendre : « *quoi ?* ». Il voulait qu'on colle les deux lits et qu'on les partage avec lui. Mais bien sûr ! On a refusé et il s'est couché sur le sol !

–Ce n'est pas si étonnant finalement, assure Elisa. Vivre des moments intimes tout bêtes avec ton hôte, le lever, le coucher, les soirées... Automatiquement ça rapproche. C'est une intimité inhabituelle, qui peut soit te gêner, soit créer des liens forts.

Joannes les conduit à leur chambre. A l'intérieur, il y a un lit superposé et un matelas au sol. La moquette est imprégnée des repas du dernier locataire.

–On devait accueillir des allemands de passage pour fêter Halloween mais ils ont changé de plan. La chambre est donc toute à vous. Qu'est-ce que vous avez prévu pour ce soir ?

–Bah en tant que touristes visitant Amsterdam pour la première fois, on aimerait bien aller voir votre *Red Light District*.

–Ah ah ok ! Vous n'êtes pas les premiers à nous demander ça ! On peut vous faire la visite, on est habitué.

–Ok, le temps de prendre une douche et on vous suit.

Le *Red Light District* est un quartier dévolu entièrement au secteur du sexe. Derrière les vitrines aux néons rouges des filles se pavanent, dévoilant une partie de leur corps à une foule de voyeurs excités. Le quartier est découpé ethniquement. D'un côté les africaines et les sud-américaines se liment les ongles jambes écartées en attendant le client. De l'autre côté les filles de l'Est se trémoussent et se collent aux vitrines. L'une a le look d'une secrétaire avec son air sévère et ses lunettes qui tombent sur le nez. Dans une impasse, un homme franchit le pas et entre dans une des chambres. Toute la rue s'emballe, s'excite, applaudit et pousse des cris de victoire. Le rideau se ferme. Vient le moment où tout couchsurfeur se pose la question : dois-je faire quelque chose en retour de l'hospitalité de mon hôte ? L'inviter à manger ? Ou lui offrir un cadeau ? L'idée traverse l'esprit de Jérôme.

–On vous invite au restaurant, propose-t-il soudainement. Vous choisissez celui que vous voulez.

Pris au dépourvu, Xavier suffoque.

–Bon, dans des prix raisonnables, poursuit-il d'un air souriant mais gêné.

Keizersgracht fait partie des bons restaurants d'Amsterdam. Les menus varient de quarante-cinq euros à soixante-quinze euros. Les cocktails frôlent les dix euros. La bouche baveuse, Joannes jette son dévolu sur un menu à soixante-sept euros, au grand dam de Xavier dont le front moitit.

Marylin monte les enchères à soixante-et-onze euros.
–Cette promenade m'a donné soif, prévient Joannes. Qu'est-ce qui te ferait plaisir Marylin ?
Elle hésite.
–Allez... voilà qu'elle se met à avoir soif celle-là, grince Xavier.
–J'ai envie d'un *Gin Fizz*, ose-t-elle. Et toi Jojo ?
–La *Vodka Sling* me tente bien.
Après de délicats mets et une moyenne de trois cocktails chacun, l'addition monte à cent-soixante euros. Xavier manque de s'étouffer. Jérôme part s'éponger le front dans les toilettes.

Le soleil est au zénith. Sur les hauteurs de la passerelle qui rejoint les deux quais, la vue de Delft est resplendissante. Encadré par les portes de Schiedam et de Rotterdamn, le Schie canal dort paisiblement. Trois siècles et demi ont passé mais le tableau de Johannes Vermeer est resté intact. La place du village est pleine à craquer. Les stands de frites et beignets de poissons pullulent et côtoient les boutiques de goudas. Les dégustations agglomèrent les touristes comme des vautours autour d'une charogne. La friture réveille tous les sens de Jérôme qui tombe sous son charme. Il doit honorer cette nourriture en la dégustant assis. Il trouve la seule parcelle de banc encore libre sur cette place et s'y jette... jusqu'à ce qu'une grand-mère qui se tient debout à sa droite montre des signes de fatigue qui l'oblige à la céder. Dans les ruelles parallèles et vides, les expositions de Rembrandt pâtissent du festin de la place et du soleil. Même le clocher n'est pas assez haut pour priver les mangeurs des rayons. On passe d'un pont à un autre pour traverser les canaux artificiels. Dans une des ruelles peintes par l'artiste, derrière une vitrine, la bohémienne semble se moquer des passants. La manche à air indique un vent qui défrise. Xavier propose à Jérôme de se rendre chez le prochain hôte.

Derrière le comptoir une jeune fille sourit et devine qui ils sont.
–Est-ce que Christiian est là ? demande Jérôme.
–Non, le patron est en déplacement professionnel. Il m'a demandé de vous souhaiter la bienvenue. L'appartement est à vous pour une nuit.

Elle leur prête les clés et leur indique l'immeuble qui se trouve deux rues derrière. Le quartier est d'un calme sidérant. Les feuilles rousses et caduques badigeonnent d'orange les avenues. Ceux qui vivent là n'appartiennent pas à la classe moyenne. La clé ouvre la porte de l'immeuble. Une vingtaine de marches mènent à l'appartement qui s'ouvre avec une seconde clé. Le parquet est de qualité et les meubles en merisier. Les canapés et fauteuils en cuir de standing laissent penser que Christiaan mène une carrière libérale. Les photos le montrent avec des couples d'amis. Mais la personne qui apparaît le plus souvent est une dame âgée qu'on retrouve en grand format sur la tapisserie. Sans doute sa mère. Dans la cuisine, des alcools que Jérôme ne pourrait pas se payer s'amoncellent, des whiskys principalement. Un *post-it* indique aux invités de se servir à volonté. Pourtant ce qui les attire se trouve autre part. Le bureau du salon est couvert d'un monticule de billets et de pièces. Et ce n'est pas des billets de *Monopoly*. Des billets de cinq euros s'entassent sur des billets de dix euros. Il doit y en avoir pour des milliers là-dessus.

–C'est super étrange... Ça me met mal à l'aise, avoue Xavier. Y a une caméra planquée quelque part ? Qu'est-ce qu'il veut prouver ? Quel comportement il souhaite provoquer ? Quoiqu'il en soit, moi je ne déplace pas la moindre pièce.

–Le mec est complètement secoué tu veux dire. Qui ferait ça ? Tu t'imagines toi, accueillir des inconnus à Paris et leur laisser toutes tes économies ? Il fait flipper !

–Attends, je check son profil, on a peut-être mal regardé ?

–Va savoir, il nous prépare un mauvais coup.

–Apparemment il n'a que des références positives.

–Je me méfie parce que les gens craignent d'écrire quelque chose de négatif.

–Mais là il a rien fait de mal. Pourquoi tu lui laisserais une référence négative, c'est pas justifié. Au contraire, il est super cool de nous laisser son appart.

–Attends, je vais faire un selfie de moi, comme dans *Blair Witch*.

–Avec la morve qui coule ?

–Ouais, genre tremblotant : « *je me sens pas bien. Attendez... j'entends du bruit dans le placard, je sais pas où est le mec qui a déposé sa fortune sur la*

table. C'est sans doute un piège. Il va nous trucider ! Sortez-nous de là... »
–Tu crains ! Tiens envoies-le à Adèle, elle va rien comprendre.
A côté de tout cet étalage, la bouteille de rouge que Jérôme dépose fait pâle figure. Xavier s'avachit de tout son poids dans le canapé. Il est songeur. Il examine les photos. Il remarque l'absence d'enfant. Pourquoi fait-il profiter de son confort si facilement ? Pourquoi fait-il aveuglément confiance ? Pourquoi laisse-t-il des inconnus se décrasser dans sa douche, renverser du pur malt sur son carrelage ? A-t-il quelque chose à se faire pardonner ? Veut-il se repentir d'un passé tumultueux ?
–Tu crois qu'il fait ça pour tous les jeunes qui passent par-là ? dit Jérôme.
–Je ne sais pas mais c'est bizarre. On lui demandera.

Le lendemain matin, Jérôme et Xavier sont attendus au *café madeleine* où leur a été préparé un petit-déjeuner copieux. La fille de la veille, toujours aussi ravissante, leur dévoile ce qu'ils vont déguster, et attend une manifestation de leur part, comme si elle avait besoin de leur approbation. Le menu est constitué d'œufs brouillés sur un pancake accompagné de salade et d'un grand chocolat chaud à la crème. Jérôme et Xavier sont gênés. D'autant que dans le *café Madeleine* il n'y a que deux clients. Une demoiselle est cachée derrière l'écran de son portable, un vieux monsieur est plongé dans son journal. L'atmosphère est voluptueuse. Lucienne Delyle chante les quais du vieux Paris et agit sur les clients comme une berceuse.
–C'est dingue. J'ai l'impression que c'est le plus raffiné des petit-déj que j'me suis enfilé dans toute cette misère de vie, réagit Xavier en engloutissant ses œufs aux herbes.
–Je suis profondément gêné. Tu crois qu'il faut qu'on paie ?
–Certainement pas. Le gars est généreux. C'est sûr, il a quelque chose à se faire pardonner.
Xavier s'essuie la bouche et sort tandis que Jérôme laisse un mot de remerciement à la serveuse.
Cette nuit ils vont dormir dans le quartier voisin chez un homme d'une soixantaine d'années. C'est un homme d'affaires qui habite une maison de trois étages et a déjà sur son profil près d'un millier de références.

Tobias habite le numéro vingt-et-un de la rue Laakhaven. Le trouver s'est avéré plus ardu que prévu. L'homme apparaît derrière la fenêtre du Rez-de-chaussée. Le fringant vieux est vêtu d'un costume *Brooks Brothers* et chaussé de bottes *Timberland*. Au-dessus du frigo deux dizaines de bouteilles de Lowlands, Highlands ou Speyside s'entassent. Jérôme saisit l'occasion pour offrir un vin de la Loire. Tobias les remercie et les installe au troisième étage, un grenier rénové en chambre pour accueillir les couchsurfeurs. La hauteur des combles est faible. Xavier et Jérôme sont attirés par deux yeux ronds et verts. Ce sont ceux d'une jeune femme à peine plus âgée qu'eux assise en tailleur sur un grand lit deux places. Un gamin agité est allongé à ses côtés. « *Un hyperactif* », s'agace déjà Xavier.

Après quelques hésitations, la fille engage la conversation.

–Hey. Je m'appelle Astrid.

La situation est cocasse ; Xavier est assis sur un matelas à même le sol et son interlocutrice est à l'opposé de la pièce. La distance qui les sépare est d'au moins huit mètres et chacun crie pour se faire entendre. Après avoir échangé des banalités, Xavier a l'idée de venir s'asseoir sur le canapé qui se trouve strictement au centre de la pièce. Ainsi, la nécessité de hurler n'est plus. Au moment où la conversation devient intéressante résonnent les pas de Jérôme. Le maître des lieux les convie à le rejoindre au salon. En descendant les escaliers en tire-bouchon, Xavier, qui se trouve en dernière position, admire les courbes d'Astrid. Il aurait préféré que le salon se trouve à l'étage supérieur pour pouvoir admirer la belle sous un meilleur angle. Son regard est intercepté par le gamin. En bas, Tobias les attend près de la cheminée. Il est assis sur un fauteuil rouge. Les deux canapés rouges eux aussi sont libres. Cette couleur associée au feu rend l'atmosphère chaleureuse. Tobias offre un verre de Whisky écossais. Xavier et Astrid sont assis sur le même canapé en face de Jérôme et l'enfant. A la lueur d'une bougie, Tobias entame la conversation en racontant une anecdote sur son expérience de couchsurfeur.

–C'était durant l'été 2012. J'avais décidé de voyager dans le sud de la France. J'avais prévu de visiter neuf villes et en profiter pour surfer neuf fois. Tous les hôtes étaient des femmes célibataires entre quarante-cinq et soixante ans. La troisième m'a invité au restaurant et a sorti le grand jeu. Le lendemain matin, je reçois un SMS de demande en mariage sous forme d'ultimatum. En cas de refus, j'avais un suicide sur la conscience.

–C'est fou ce qu'il peut y avoir comme barjos... C'est pas étonnant, le concept du Couchsurfing attire ce genre de personne, lance Jérôme.

Astrid reste silencieuse, son verre à la main et un pied sous ses fesses. Xavier lui jette un regard en biais. Il adore les filles mystérieuses, celles qui savent rester discrètes.

Tobias embraye sur une autre anecdote.

–C'était au début de l'année lorsque j'ai dû accueillir une étudiante chinoise à première vue très correcte. Une heure passe et quelqu'un tape à la porte. C'était les cinq frères qui réclamaient un toit.

–Et qu'as-tu fait ? demande Jérôme.

–Je leur ai demandé de partir et de prendre leur sœur avec eux.

Au fil de la soirée, Tobias change de place et s'assoit à droite d'Astrid.

–Ça te tenterait de m'accompagner au *Burning Man* ? marmonne-t-il tout bas.

Elle le considère avec froideur.

–C'est quoi ça ?

–C'est une fête qui a lieu chaque année en plein milieu du désert du Nevada. Les gens viennent de tous les coins de la planète pour former une communauté auto-suffisante.

Il attend quelques instants une réponse qui ne vient pas. Un peu saoul, Tobias part se coucher. Xavier se trouve seul aux côtés de la fille. Il déplace sa main droite et la glisse sur sa cuisse. Jérôme et le gosse sont occupés à jouer aux échecs sur la table à manger. La fille se sent seule, se dit Xavier. Elle ne voyagerait pas par le biais du Couchsurfing sinon. Si elle pense refaire sa vie, c'est le bon moment. Astrid ne bouge pas. A cette distance Xavier peut admirer ses traits délicats. Il lui lance un regard en quête de complicité mais la jeune femme ne le suit pas. Ses yeux restent fixés sur sa coupe de champagne. Ses lèvres sont scellées. Il est aussi difficile d'en obtenir de l'information que d'avoir accès aux coffres secrets du Vatican. D'un geste tendre il la prend par la main et tente de l'embrasser. Il reçoit en retour une claque qui lui provoque un acouphène. Toute sa désinvolture s'évanouit, comme l'impression d'être transpercé par une longue aiguille. Il comprend qu'il n'est qu'un enfant à ses yeux. Heureusement pour lui, à quelques mètres, les joueurs d'échecs, concentrés sur leur partie, n'ont rien vu. Ouf... Honteux, Xavier se lève précipitamment et, sans un regard pour son ami, il file se coucher. Astrid reste figée, son regard toujours porté sur son verre à pied. Comment va-t-elle réussir à trouver le sommeil là-haut, dans cette chambre qu'elle partage avec un type qui vient de l'embrasser et, qui plus est, chez un inconnu ? Mais elle n'a pas le choix. Elle ne veut pas faire de scandale, et puis son fils est bien trop épuisé pour aller à l'hôtel. Elle se lève et le rejoint. Elle s'assoit à côté de lui et entoure son épaule de son bras. La partie se termine tard dans la soirée.

Le lendemain, dans le train qui mène à la gare routière d'Eindhoven, le degré d'inconfort supplante celui des trains de la région parisienne aux heures de pointe. Dans le train, il y a aussi ceux qui ont la conscience tranquille et ceux qui ne l'ont pas. Dans le dernier wagon, deux adolescentes métisses sont adossées aux barres métalliques. Elles dévisagent Jérôme. Elles s'apprêtent certainement à débarquer à la prochaine station si le contrôleur pointe son nez. L'une d'elle a les cheveux coupés comme un garçon. Elle mâche un chewing-gum de façon provocante. Les cernes qui entourent ses yeux sont si prononcées que Jérôme se demande quand est-ce qu'une fille de ce genre pense à dormir. Sa voix rauque ne trahit pas son âge. Elle n'a pas plus de seize ans. Ça se voit dans son attitude d'ado révoltée. Sa copine est peut-être encore plus vulgaire. Son rire, très distingué, est peu féminin. Ses gestes des bras forment des demi-cercles qui balayent son périmètre à chacune de ses explications. Et puis ces décibels qui agressent l'oreille souffrante de Xavier la rendent insupportable. Heureusement, elles descendent à Utrecht. Elles croisent trois jeunes d'origine africaine qui prennent les mêmes positions dans le wagon. Ils parlent français. Lorsqu'ils entendent Xavier et Jérôme, ils s'adressent à eux.
   –Vous êtes français ? Vous venez d'où ? demande le premier.
   –De Malakoff, répond Jérôme.
   –C'est où Malakoff ?
   –Au Daghestan, marmonne Xavier.
   –T'es sérieux ?
   –Mais non, c'est près de Paris.
   –Ah, je connais Paris, j'ai un cousin qui habite à Pantin. C'est mieux la

France. Ici c'est des racistes, tonne-t-il.

–Pourquoi ? interroge Xavier.

–La semaine prochaine y a Zwarte Piet. C'est Pierre le noir. Toutes les blondes vont se peindre la figure en noir et porter des perruques afros.

–Elles vont même se peindre les grosses lèvres rouges ! s'emballe le deuxième.

–Tout ça pour se moquer de nous, reprend le premier.

–Et vous êtes de quelle origine ?

–On vient de Côte d'Ivoire. Je suis arrivé ici l'année dernière. Avant j'étais à Turin. Mais j'aimerais aller en Angleterre. Je veux partir d'ici.

–Pourquoi l'Angleterre ?

–Là-bas ils ne regardent pas ton origine. Et vous, vous faites quoi ici ?

–On va à la gare routière. On prend le bus pour l'Allemagne. Là-bas on fait du Couchsurfing, explique Jérôme.

–C'est quoi ça ?

–On loge chez des gens qu'on trouve sur internet. Ça nous permet d'économiser sur l'hébergement et ainsi de voyager moins cher. On dépense presque rien. Y a que les transports. Enfin, tu crois qu'il faut qu'on paie ? demande Xavier avec un clin d'œil.

–Ah oui je connais. J'aime pas ce genre de concept.

–Pourquoi ?

–C'est toujours le blanc bien diplômé qui voyage partout pendant trois mois avec 200€ en poche. Tu ne verras jamais un congolais faire la visite de son patelin à des riches couchsurfeurs. Ce système profite toujours aux mêmes.

–Tu te bases sur quoi pour affirmer ça ?

–C'est un système établi par les riches hôtes des pays du nord. Ils reçoivent selon leurs affinités, machin ingénieur à Los Angeles, machine attachée de presse d'un grand journal à Rio de Janeiro. Ceux-là ont cent fois plus de chances de se faire héberger par machin architecte à Paris ou machine top model à Washington.

–C'est pas à ce point, tu extrapoles.

–Et c'est toujours la masse des pays riches qui va loger gratos dans des pays pauvres pour économiser 10€ et soit disant connaître les natifs. Ceux-là prônent l'amitié en voyage, mais souvent chez eux à Paris ou New-

York. Alors que dans leur vie quotidienne ils font la tronche à leurs voisins. Et là subitement ils changent. C'est la triste vérité.

–Tout est une question de points de vue. En tout cas, nous on est pas riches ! Et ce n'est pas du tout comme ça que je vois le Couchsurfing ! Tiens, on a hébergé une étudiante de Colombie. C'est pas un pays riche !

–Elle étudiait quoi ? Comment s'est-elle payée le billet d'avion ?

–Ok. Mais Couchsurfing c'est un phénomène mondial quoi qu'on en dise, il suffit d'avoir une connexion internet.

C'est la nuit. Dans le bus l'agitation gronde. Les chauffeurs doivent être polonais. Leurs salaires expliquent à eux seuls les prix bas de la compagnie. L'un d'eux hurle sur un retardataire. Il lui ordonne de monter et manque de le coincer avec la porte lorsque celui-ci grimpe les hautes marches du bus. Sans un regard le chauffeur démarre brutalement et crache des mots incompréhensibles à son collègue qui se met à rire sarcastiquement. Ils ne comprennent vraisemblablement pas les revendications des passagers qui défilent à tour de rôle pour leur implorer de baisser le chauffage à une température supportable par l'être humain. On est au mois de février et la moitié du bus est pied nu. Xavier est allongé, les pieds sur la tablette et la nuque sur l'accoudoir. La position la moins confortable qu'on puisse trouver. Un homme d'une quarantaine d'années, à la croisée du skinhead et du catcheur, traverse l'allée et s'assoit à côté des chauffeurs. Ces derniers lui signalent que c'est interdit mais ils comprennent vite que ce gars n'est pas complètement net. Il postillonne plus qu'il parle mais ce qu'il dit fait rire son auditoire. Les quatre passagers de derrière hurlent de rire. Et cela dure. Jusqu'à ce qu'une voiture de police croise le bus. Le catcheur retourne à sa place en se baissant. Le rire se propage à l'ensemble des passagers. A cet instant, le véhicule s'arrête et le chauffeur beugle le nom d'une ville. Essen... L'arrêt pour Cologne était deux stations avant. Jérôme court voir le chauffeur qui leur ouvre la porte. Il demande aux premiers allemands qu'il croise comment rejoindre Cologne mais personne n'est en mesure de lui expliquer.

–Tête de nœud tourne toi, elle est juste là la gare ! crie Xavier.

Effectivement la gare est en face et Jérôme ne l'a pas remarqué dans la panique. Heureusement, un train mène à Cologne et arrive dans 15 minutes. Il y en a tout de même pour trente stations...

La façade de la cathédrale est flanquée de deux tours en réfection. Les échafaudages atteignent même le toit. On l'admire volontiers le cou cassé. Une fanfare anime la place, même si les passants se font rares à cette heure-ci. Xavier doit trouver un moyen de se soulager. *La Galeria* est le seul magasin ouvert. Le panneau d'entrée indique les WC au cinquième étage. Xavier avale les escalators.

–J'ai un calcul dans le ventre. Je veux mourir...

Ils auraient pu passer inaperçus s'ils n'étaient pas les seuls clients dans un magasin majoritairement féminin. Une vendeuse est postée juste devant les WC pour dames. Trop pressés, ils s'y engouffrent. Une toilette sommaire s'impose après un tel voyage. Puis les deux indésirables traversent le magasin profils bas mais revigorés. Dans le froid qui pénètre jusqu'au creux des os, les mendiants ont déjà pris place et attendent les premiers passants. Sur la place de la gare, Jérôme ne tient plus en place.

–Pourquoi tu gigotes comme ça ?

–Il caille...

–Prends-moi pour un imbécile. Tu balises.

–Ouais bah d'habitude on fait du Couchsurfing chez des étudiants. C'est facile, on se prend pas la tête. Cette fois c'est un couple. Ils sont plus âgés.

–On est rodé maintenant. Qu'est-ce que tu crains ?

–Ça me met mal à l'aise. Si on n'a rien à raconter. T'imagines l'ambiance ?

–Dans ce cas tu souris à tout ce qu'ils disent et tu ajoutes aussi quelques mimiques pour pas faire niais. Tu fais le mec intrigué. Tu fronces les sourcils et tu recules la tête.

–Et je place quelques « *Ah ok...* ».

–Voilà, tu vois c'est pas compliqué. Fais gaffe elle arrive.

Une *Chrysler Viper* déboule au coin de la rue. Irene leur fait signe.

–Hey, comment ça va les jeunes ? Vous avez fait un bon voyage ?

Xavier et Jérôme s'engouffrent dans le véhicule.

–Je suis professeur d'allemand dans le collège de mon fils, celui qui est retranché dans sa chambre et qui a l'âge de la timidité excessive. Vous aussi vous êtes professeurs je crois ?

–Exact, se contente Xavier.

–Vous avez échangé avec mon mari Günther. Il est resté à la maison avec nos couchsurfeurs. On va être beaucoup ce soir ! On n'est pas loin, Mülheim c'est la banlieue. Notre maison est nichée entre le bois et la rivière.

Dans le salon, il y a des tags partout. Ou plutôt des gribouillages au crayon de couleur rouge.

–Ma fille, dit Irene. Elle est en pleine inspiration à tout juste cinq ans.

Dans la cuisine, trois jeunes discutent avec Günther, deux gars et une fille. La fille est la première à apercevoir Jérôme. Elle l'accueille d'une étreinte qui l'immobilise. Son sourire à lui seul lui fait perdre la tête. Il resterait collé à sa peau parfumée. Mais au regard du grand blond il comprend qu'aucune tentative ne sera permise. Günther propose un verre de Cognac.

–Alors les garçons je vous présente nos couchsurfeurs venus de Lettonie. Voici Elena, le grand s'appelle Alberts et le plus petit Macs.

–Enchantée, répond Elena.

–Vous avez mangé ? demande Günther.

–On a pris un casse-croûte sur le chemin.

–Pas de souci, nous on mange. Vous pouvez nous rejoindre.

Le fils qui a été tiré de force jusqu'à la table à manger doit répéter la phrase soufflée par son père pour proposer du riz à Jérôme.

–Vous savez, ça me fait extrêmement plaisir votre venue. J'ai du mal à attirer les couchsurfeurs ici, déplore Irene. Les gens préfèrent la ville. J'ai reçu une jeune fille le mois dernier. Au début elle était réticente à venir. Au final, elle a tellement aimé qu'elle a demandé à rester toute la semaine.

–Bon, c'est bien joli tout ça, dit Günther, mais peut-être que les jeunes veulent faire un tour au bar du coin ? Les cocktails sont gratuits jusqu'à vingt-trois heures. Après, faut payer.

–Avec plaisir. On est toujours partants pour faire la bringue ! lance Elena.

Les bistrots rustiques cernent le vieux marché et les multiples tavernes dispersées où la *kölsch* y coule à flot attirent les supporters pendant le match du FC Köln face au Benfica Lisbonne. En ce samedi soir, le bar fait carton plein. Les clients se bousculent à la recherche d'une table. Heureusement, Günther a prévu le rush. Lui et les couchsurfeurs occupent la table centrale. Les trois lettons commandent.

–Les gens sont nerveux par ici, analyse Elena.

–C'est parce qu'ils ont l'habitude d'occuper cette table. Puis là ils voient des têtes qui leur reviennent pas alors ça les frustre tu comprends.

Macs lape la mousse à une vitesse qui sidère le groupe.

–Fais attention gamin, il faut assumer après, prévient Günther.

–Ne vous inquiétez pas, chez nous on boit pour survivre à l'hiver.

Un client au physique disgracieux, tout droit sorti du Moyen-Âge, les dévisage en se curant le nez. La bave dégouline sur son menton en forme de fesse.

–Il est répugnant celui-là, glisse Elena. Heureusement que je suis entourée de mecs.

–Parle moins fort malheureuse. J'ai mes habitudes ici, murmure Günther, nerveux à son tour.

Soudain, Macs regarde sa montre.

–Les gars, il est moins cinq, je vais me resservir.

Günther regarde les trois lettons se diriger vers le bar avec consternation. L'un tient quatre cocktails, l'autre une route du diable et la fille des orgasmes. A sa grande déception les équilibristes rameutent.

–On est tranquilles pour la soirée avec ça, lance sans ironie Macs.

Elena a la brillante idée de cacher les cocktails et de les sortir occasionnellement à vingt-trois heures et une minute. La transpiration apparaît sur le front ridé de Günther. Le besoin de s'éponger le saisit. Ces jeunes sont entrés dans un processus dans lequel ne rien payer est devenu un véritable challenge. Et le pire est qu'ils semblent s'aguerrir et y prendre du goût. Il les regarde siroter, savourer, jouir de leurs boissons. Ils ont ouvert la porte du Couchsurfing et cette porte les a détournés d'une approche saine et désintéressée des choses. Dorénavant, ils profitent à fond du concept de gratuité chaque fois qu'il se présente à eux. Günther ne peut plus regarder ce spectacle affligeant qui l'embarrasse. Autour d'eux une rade bourrée de poivrots commence à serrer les mâchoires, à froncer les sourcils, à agiter des pieds. Même le propriétaire si souriant d'ordinaire ne peut plus faire semblant.

–Bon, c'est pas que je m'ennuie mais demain je bosse.

–Tu travailles le dimanche ? demande naïvement Macs.

–J'aide mon beau-frère à retaper le garage, improvise l'homme dont le mensonge sue par tous les pores. Vous pouvez rester mais sans voiture et avec ce que vous descendez ça risque d'être compliqué.

–On se débrouillera Günther !

–Pas de souci, bon je me sauve.

Et il quitte la salle la tête dans les chaussures.

Le *skytrain* roule en suspension. Düsseldorf est la première ville nippone d'Europe. On se demande où ils sont tant les rues sont vides. Même les crottes de chien sont absentes. Chez les wessis, on est en bisbille depuis des lustres. D'un côté les Cologne, les authentiques, mais aussi les grossiers, ceux qui sont ouverts à l'Europe, qui attirent les fêtards. De l'autre les Düsseldorf, les raffinés, ceux qui vivent chichement et qui créent la richesse de la région.

Haï les attend depuis ce midi. Elle a envoyé un message à Jérôme mais il ne s'est pas connecté. Alors quand ils arrivent leur hôte n'est pas de bonne humeur. L'appartement doit faire dans les deux-cent-cinquante mètres carrés. Le séjour et la cuisine forment un vaste open space aux sol et plafond en contreplaqué blanc. Haï découpe les légumes machinalement. Xavier et Jérôme se tiennent debout, un peu mal à l'aise. Jérôme propose son aide. Haï lui inflige une rebuffade. La conversation s'engage spontanément, sur le ton de la confidence. D'abord par un reproche. Haï possède le genre de ton qui ne laisse pas de place aux justifications vagues et tarabiscotées. Cette intransigeance est accentuée par le léger accent vietnamien qu'elle a conservé et qui tape la syllabe finale de chaque mot.

–Des mauvais plans, j'en ai vécu sur Couchsurfing. Je suis devenue par la force des choses très méfiante vis-à-vis des surfeurs que j'accueille. La semaine dernière j'ai accueilli un jeune qui venait du Danemark. Il est venu pour un concert. Il a posé son sac puis il est parti au bout d'une demi-heure. Il est rentré à deux heures du matin et est reparti à l'aube. Ce sont des choses qui ne se font pas.

Au fil de la soirée, Jérôme et Xavier se détendent. Ils écoutent Haï leur conter des anecdotes. Quand apparaît de nulle part un jeune australien qui « *s'est fait la belle du foyer dans lequel ses parents l'ont écroué* ». Ses yeux dessinent des glaives. Il tient d'une poigne tremblante un pull troué et délavé.

–Votre satanée machine a délavé mon pull. C'est mon seul pull ! Comment je fais à présent ?

–Wow, calme-toi, lui lance Jérôme.

Haï se redresse. Elle saisit le pull et l'observe soigneusement. Jérôme s'interpose. Haï lui tient le bras.

–C'est rien, dit Haï. C'est Stanley, un couchsurfeur, comme vous. Il est arrivé il y a deux jours.

–Vous êtes qui ? demande Stanley nerveusement.

–On est français. On reste une nuit.

–Désolé. Vous comprenez, j'ai pas beaucoup de vêtements...

–Pas de souci, lui répond Jérôme. Mais là tu es chez Haï. Elle est bien gentille de faire ta lessive.

–Ouais... J'ai eu beaucoup de mal à trouver quelqu'un qui m'accepte ces temps-ci.

–Raison de plus.

Stanley repart dans sa chambre calmement. Haï le regarde partir d'un air triste.

–Il en a marre des galères. Alors il a décidé de s'octroyer un an de sabbatique. Il se déplace avec le pouce sur les routes d'Europe. Chaque jour je le vois ingurgiter un bol de riz. Rien de plus. Alors je lui propose parfois de partager mon repas.

–Il en faut de l'audace...

–Je lui ai proposé de l'accueillir une semaine. Mais ces gens ne comprennent rien au principe du Couchsurfing.

–Et tu viens du Vietnam ? T'es arrivée quand en Allemagne ?

–Je suis née au Vietnam, à Saigon. Puis j'ai vécu en Californie. J'y ai fait mes études que je n'ai pas terminées. Je vivais avec une autre fille dans une résidence étudiante. On avait une petite chambre. Je ne sortais jamais. Et un jour, alors que j'étais assise sur mon lit, ma copine m'a traînée à la soirée étudiante. J'ai dansé avec Ludwig. Puis on ne s'est plus lâché. A la fin de l'année, je l'ai accompagné en Allemagne. Et on s'est marié.

–Et c'était comment le Vietnam ?

–Je vivais avec mes trois sœurs et mon frère. La vie était dure. Mon père a rejoint le Viet Min pour chasser les français et les japonais. Les japonais ont tué mon père. Ils ont été à l'origine d'atrocités qu'on ne peut pas imaginer.

–Et tu n'as pas la haine contre les américains qui ont déversé l'agent orange dans la jungle ? lance Xavier.

–Les américains aussi ont souffert. Ils ont été victimes des pièges à cons dans la jungle. Ils explosaient sous les grenades reliées à des ficelles entre deux arbres. Mais vous savez, je n'aime pas beaucoup le mot *haine*. La haine ne sert à rien dans la vie. Oui, les américains, les français et les japonais ont fait des choses terribles. Mais avoir la haine contre eux n'apporte rien. Dans la vie, si tu as la haine envers quelqu'un c'est que tu n'as pas l'esprit bien tourné. Si quelqu'un te dérange tu l'effaces de ton esprit. Tu n'utilises pas tes pensées pour cette personne et tu verras que la vie est plus vivable. On le comprend en vieillissant. Vous savez, chacun de nous a une part de douleur en soi mais à Saigon la nouvelle génération n'a pas connu la guerre, les jeunes regardent vers le futur. C'est une chance pour ne pas exacerber les haines.

–Et tu retournes au Vietnam des fois ?

–Ça m'arrive. J'ai ma sœur qui y vit encore. J'ai fait du Couchsurfing il y a deux ans.

–Mais pourquoi tu as besoin de chercher des couchsurfeurs alors que tu as ta sœur au Vietnam ?

–C'est trop compliqué. Le mari de ma sœur est un ancien Viet Cong. Elle a gâchée sa vie. Elle est femme au foyer et il lui interdit beaucoup de choses. Et puis avec mon mari on est venu leur rendre visite. L'accueil était glacial. Je m'en souviendrais longtemps. Mon mari est perçu comme un français. Allemagne-France, il ne voit pas de différence. Son mari pense même que Ludwig était à Dien Bien Phu. Moi, il me voit comme une *boat people* parce que j'ai fui le communisme. Mon frère a été enrôlé dans la conscription. Il est dans l'armée à présent, malgré lui. Et puis je n'aime pas y retourner. Au Vietnam, quand tu fais tes courses au supermarché il y a deux prix, un pour les touristes et un pour les locaux. Ils essaient de m'arnaquer sur n'importe quel produit mais je ne me laisse pas faire. Je suis dure en affaire. Mais à la longue ça m'use. Je suis perçue comme une étrangère dans mon pays natal.

–Et le Couchsurfing marche bien là-bas ?

–C'est communiste. Les gens doivent demander l'autorisation de l'État avant d'accueillir un étranger...

–Et tu ne travailles pas ?

–Depuis que je suis en Allemagne non. Je reprends l'université pour apprendre l'espagnol. J'ai besoin de faire fonctionner mon cerveau. Mais la journée j'attends mon mari *(Jérôme et Xavier ne saisissent pas la portée de ces mots)*. La vie change, on voit d'autres personnes, on s'intéresse à des choses différentes. Et vos parents, ils vivent encore ensemble ?

–Les miens oui, commence Xavier.

–Ma mère avait refait sa vie avec un type quand j'avais vingt ans. Elle vient de le quitter, alors elle est seule. C'est triste. Vous voyez ce que je vous disais. A un certain âge, chacun a des petites affaires. Mais à la fin de sa vie, on prend conscience que la femme avec qui on a eu des enfants forme la seule famille valable. Mais il est trop tard. Les autres personnes qu'on rencontre plus tard sont éphémères parce qu'elles ont déjà un passé auquel quoi qu'elles disent restent accrochées. L'homme ne réfléchit pas.

Elle prend une profonde inspiration et se perd dans les souvenirs.

–Au fait, c'est avec ton mari que j'ai échangé tous les messages ? demande Jérôme. Il va venir ?

–Il a un dîner d'affaires à Düsseldorf avec un client. Il ne va pas rentrer avant vingt-trois heures.

A vingt-trois heures trente, les aboiements des chiens traversent le salon et pénètrent la cuisine. Haï a le regard figé sur ses mains ridées posées sur la table. Elle ne les lèvera plus. Ludwig entre et salue ses invités. Son sourire forcé ne suffit pas à lui desserrer les dents. Un sentiment étrange envahit la pièce. Aucun des époux ne lève le regard sur l'autre. Ludwig est debout, les mains dans le dos contre le mur à gauche de sa femme. Sa tête est baissée, il prend la position du coupable. L'image fait presque penser à une relation de soumission. Déjà parce que c'est lui qui offre à sa femme le confort qu'elle désire. C'est lui aussi qui est libre de modifier son emploi du temps au gré de ses envies. Les yeux de Haï sont toujours figés sur sa vieillesse apparente. La femme asiatique qu'elle est l'empêche de perdre la face devant l'humiliation dont elle est victime. Pourtant, l'envie de s'effondrer la submerge. Tant de valeurs insoupçonnées parcourent ce petit corps. Jérôme veut tuer le silence. Pourtant Ludwig se retire. Vidée, Haï s'excuse et se retire à son tour.

4

On va pas rester sur cet échec.

A la fin des années quatre-vingts, la multiplication des images est favorisée par la création de chaînes privées soumises à l'impératif d'audience. L'émotion l'emporte sur l'analyse, le sentiment sur la réflexion. Les images des camps de concentration en Bosnie au moment du JT remettaient en question les mœurs et valeurs défendues par l'occident. La conséquence de ce traumatisme visuel s'observe dans les représentations qui persistent vingt longues années plus tard.

–Quoi ? Tu ne vas pas aller là-bas ? Mais c'est la guerre ! Tu veux te faire zigouiller ?

–Pas d'inquiétude, j'y vais mollo. Avant d'aller chez les barbares je m'acclimate avec vous les sauvages.

Jérôme se connecte au site Couchsurfing. Il se rend sur la page de Mostar. Il filtre les profils. D'abord apparaissent ceux qui se sont connectés ces dernières vingt-quatre heures. Il déroule la page. La quasi intégralité des profils mentionnent *prefered gender : female.*
La deuxième page affiche des profils variés. L'un d'eux attire son attention. La fille s'appelle Dzana. Sa photo la rend sympathique. Elle a quarante-cinq références positives, dont trente-sept en tant qu'hôte. Jérôme se lance.

Bonjour Dzana,
nous sommes deux amis qui parcourons le monde. Nous voyageons par Couchsurfing parce que c'est le meilleur moyen de connaître profondément la culture d'un pays. Personnellement, j'adore rencontrer les gens, découvrir leurs vies, leurs langues. Et j'adore cuisiner !

J'aimerais vous rencontrer parce que votre profil et les références laissées laissent penser que vous aimez accueillir les gens et leur faire découvrir votre univers. Peut-être que nous pourrons échanger sur nos cultures et que vous nous ferez découvrir les endroits insolites de Mostar !
A bientôt.
Jérôme.

Dans la messagerie rien n'a changé : deux *accepted*, trois *may be* et six *declined*. Il vérifie une dernière fois que son hôte croate n'a pas changé d'avis. Tout va bien. Il lui confirme son arrivée demain en fin d'après-midi. Jérôme regarde par la fenêtre. Malakoff semble vide. Le bruit des clés qui tournent dans la serrure extirpe Jérôme de ses pensées. C'est Xavier. Aujourd'hui il est au moins aussi excité que Jérôme à l'idée de découvrir cette région du monde. Tous deux avaient une dizaine d'années lorsqu'à la télévision passaient des images de Sarajevo à feu et à sang. Ces snipers serbes perchés sur les toits tiraient sur les bosniaques sortant de leurs immeubles lorsque ceux-ci partaient se ravitailler. Dans leurs premières années de collège, le nom de Slobodan Milosevic leur était familier. Il leur arrivait d'en discuter dans les couloirs avant d'entrer en classe. Même s'ils n'en comprenaient pas les enjeux, ils savaient que des atrocités se déroulaient là-bas. Et puis, cette nouvelle camarade au nom à consonance yougoslave participait à éveiller la curiosité des deux garçons. Maintenant ils avaient la trentaine et ils se feraient leur propre idée de ce conflit.
–Alors, pas de mauvais plan ? questionne Xavier, un soda à la main.
Jérôme retourne à son ordinateur.
–Tout est bon. Demain, Zlatko nous récupère au centre de Split. Puis le dimanche c'est Dzana à Mostar. Elle vient de nous accepter. Elle a vraiment l'air cool.
–Elle est référencée ?
–Et pas qu'un peu.
Xavier veut parcourir le profil de la fille. Il s'assoit en repoussant Jérôme d'un coup de fesse.
–Regarde sa liste d'amis, les hommes sont largement majoritaires. Et ils

semblent rester plus que trois jours, soit plus longtemps que la durée qu'un couchsurfeur typique passe en moyenne chez son hôte, lance-t-il.

–Et alors ?

–Et alors ? Tu crois que ces mecs passent une semaine à visiter des musées ? Arrête...

–Elle a mis quoi dans la catégorie *prefered gender to host* ?

–Rien.

–Tu vois, tu te fais des films.

–Écoute ce commentaire d'un de ses "amis" :

J'ai passé 10 jours chez Dzana. Un séjour inoubliable !

–Carrément...

–Et puis regarde ses destinations préférées : Brésil, Jamaïque, Île Maurice.

–Que des endroits exotiques, tu as raison.

–C'est pas fini ! Elle a une passion pour les langues étrangères.

–Là je te suis plus...

–Pour quelles raisons une fille développe une passion pour les langues ?

–Je sèche.

–Pour les mêmes raisons qu'un homme : l'exotisme et tout ce qu'englobe ce mot. Les finlandaises sont connues parmi la communauté des couchsurfeurs pour voyager en Amérique Latine.

–Tu fantasmes là Xavier ! N'importe quoi !

–Fais-moi confiance. Elle est mignonne.

–Qui est mignonne ? demande Adèle qui a intercepté la conversation.

–Personne.

Xavier s'avance et la prend dans ses bras. Adèle est toute frêle à ses côtés. On eût dit une espagnole avec ses cheveux noirs et ondulés ainsi que sa peau mate.

–Si tu veux tu peux venir ?

–Tu sais bien que je n'ai pas tes congés.

–La prochaine fois ?

Les deux êtres s'embrassent. Adèle pousse Xavier sur le canapé. Elle monte sur lui et sourit. Gêné par l'attitude de sa sœur, Jérôme s'en va.

La radio du chauffeur passe en boucle le crooner local à la voix mélancolique. Six accords qui se répètent continuellement. En ce soir d'été, la côte adriatique, rocheuse plus que sableuse, se transforme en langue de terre ventée. La mer dormante est à couper le souffle. Aux abords de la ville, le crépuscule, la lumière rasante dorée, les villas en pierre bordant les sentiers caillouteux. Split, la perle de l'Adriatique, s'offre bientôt aux deux voyageurs. Le trajet avait été long. A l'arrivée dans la ville, le conducteur polonais ordonne à tout le bus de sortir. Les passagers récupèrent leurs valises. Jérôme et Xavier n'ont qu'un sac à dos. Ils comptent sur leurs hôtes pour nettoyer leur linge. A la descente du bus, ils sont importunés par un afflux de vieilles dames qui jouent des coudes. Chacune tient une pancarte où il est inscrit *zimmer,* des petites chambres louées une bouchée de pain. S'ils n'avaient pas prévu de faire du Couchsurfing, cela aurait pu les séduire. Ils auraient eu l'impression de participer à l'économie du pays. Mais ce n'est pas la principale raison. Ces vieilles dames ne parlent pas leur langue et balbutient à peine quelques mots d'anglais. Par conséquent, la visite de la ville et la conversation ne sont pas prévues au programme.

Les deux compères filent au centre-ville. Ils traversent une enfilade de ruelles étroites. Ils contemplent les ruines et traversent plusieurs âges. Une véritable superposition de périodes historiques, de la colonne du sphinx d'Égypte à l'ombre du mausolée transformé en temple. On glisse sur les dalles en calcaire lustré. Le centre-ville est aménagé dans l'enceinte des restes du palais de l'empereur Dioclétien. Les colonnes sont en granit et en marbre. Sous les arcades des mamies récupèrent leur linge séché. Jérôme et Xavier gravissent les marches du campanile de la cathédrale. Ils arrivent enfin sur la place *Narodni Trg.* L'endroit est bordé de demeures anciennes. L'immeuble résidentiel de Zlatko est reconnaissable grâce aux fenêtres en ogive.

Xavier ressent comme un malaise.

–Ça m'angoisse un peu. Il est tard, on va déranger.

–Tu crois ? Il doit avoir l'habitude…

–Le Couchsurfing c'est bien mais faut oser se lancer. Chaque jour c'est une nouvelle épreuve. Finalement, tu sais pas si ça va bien se passer. Et si on s'entend pas avec lui, ça risque d'être long.

–Arrête de penser comme ça, tu me mets le doute.

Xavier ouvre sans difficulté la porte principale. Il traverse la cour gravillonnée. Jérôme le suit. Pas un bruit, seulement le son de la mer qui se trouve à quelques mètres de la maison. Un escalier en pierre mène à une porte en chêne massif. Il n'y a pas de sonnette mais un heurtoir en métal.

   –Qu'est-ce qu'on fait ?

A cet instant, Xavier troquerait bien cette invitation pour une simple chambre d'hôtel.

   –Ben tapes... On va pas rester planté là.

   –Qu'est-ce qu'on dit ? Ça m'étonnerait qu'il soit aimable à cette heure-ci. Faut dire qu'on abuse.

   –T'as lu son profil comme moi. Il a l'air super cool.

   –T'as raison, je dois me faire des idées.

Au moment de frapper, Xavier se rend compte que la porte est ouverte. Ils entrent. Jérôme dépose ses affaires sur le canapé du salon tandis que Xavier lit le message accroché au mur :

Xavier et Jérôme,
   je suis allé me coucher, mais faites comme chez vous. La chambre en haut des escaliers est vide et vous pouvez l'utiliser comme il vous convient. J'ai laissé des couvertures sur chaque lit mais si vous avez froid vous pouvez vous servir dans les armoires. Si vous avez besoin de quoique ce soit n'hésitez pas à venir me réveiller. J'espère que vous avez passé un agréable voyage en bus et que vous nous avez trouvé facilement.
   Passez une bonne nuit et on se voit au matin.

Zlatko.

PS : si vous vous réveillez tôt, j'ai du lait, de la confiture dans le frigo et des biscottes dans le placard de droite.

Un jeune homme maigre et chétif à la défroque rayée et au nez retroussé tape à la porte de la chambre. Il sert timidement la main de Xavier et Jérôme et les invite à rejoindre le salon. En bas, une fille termine son petit-déjeuner. Son visage poupon contraste parfaitement avec celui, émacié, de Zlatko. Elle porte un débardeur moutarde et un jean serré. De premier abord, cette fille paraît timide. Pourtant elle n'hésite pas à lancer la conversation. Ce qui impressionne d'emblée les français, c'est la parfaite compréhension de l'anglais qu'ont la plupart des jeunes européens. Elle se présente : Blanka, la colocataire de Zlatko.

–Qu'est-ce qui vous attire ici ?

–C'est une région qui nous intrigue.

La jeune fille enchaîne sur une question plus fâcheuse.

–Quel regard les français ont-ils de l'ex-Yougoslavie ?

Jérôme hésite et sa réponse en paraît d'autant plus évasive.

–Les français s'intéressent peu à cette partie de l'Europe, prétend-il maladroitement.

Blanka esquisse un sourire et lance un regard complice à Zlatko. Décidément, les touristes ne comprennent pas grand-chose à l'histoire de son pays.

Zlato, lui, est né d'une mère croate et d'un père serbe. Mais à la maison, le sujet n'était jamais évoqué. La guerre était terminée. Il avait grandi en Krajina, cette région croate à la frontière ouest de la Bosnie serbe.

–Je rêve de vivre en Europe de l'ouest, avoue-t-il. De toute manière, l'entrée de la Croatie dans l'Union Européenne n'ouvre pas de réelles perspectives pour les jeunes. On est trop excentrés par rapport aux grandes métropoles européennes.

Blanka peine à contenir un sourire en l'entendant déblatérer sur son pays.

–De toute façon tu t'es fermé les portes tout seule en choisissant la psychologie ! Pour nous la guerre ça date, alors on n'est plus traumatisés. Tu nous seras pas utile !

Tous se mettent à rire aux éclats.

Soudain un jeune homme a l'allure de néo-hippie apparaît. Il est maigre, tous ses membres semblent avoir été étirés. Ce qui le rend encore plus grand qu'il ne l'est vraiment. Son nez en bec d'aigle, sa bouche charnue et ses petits yeux de rapace n'ont rien d'avenant. Son teint est cireux. Sur son crâne trône fièrement une touffe hirsute. Il est difficile de ne pas penser que cette chose sur la tête ne lui provoque pas de torticolis. Xavier le fixe et pense à un épouvantail. Le jeune homme porte une tunique qui couvre ses genoux. Une odeur de shit emplit la pièce. Zlatko leur présente Besim. Il est bosniaque. Besim est le troisième colocataire. Il sert poliment les mains des invités.

–Hey, vous êtes les belges ?

–Français, en fait.

–Excusez-moi, les belges viennent la semaine prochaine... En réalité, on voit des couchsurfeurs passer ici tout le temps. Parfois on en voit un apparaître dans le salon parce qu'un autre couchsurfeur lui a ouvert la porte. Mais on a complètement oublié sa venue. Ça fait drôle...

–T'avais oublié notre venue ?

–C'est Zlatko qui gère Couchsurfing.

–A force de recevoir tout ce monde on finit par rencontrer des gens bizarres, avoue Blanka. Pas plus tard que la semaine dernière, on a reçu un couchsurfeur qui m'a demandé s'il y avait pas autre chose à manger. J'avais personnellement cuisiné toute la soirée pour lui. Un tel aplomb m'a estomaquée !

–On a parfois des surprises, poursuit Zlatko. Il arrive que des gens fixent une date mais ne viennent pas sans prévenir. On a même eu ce couple de malaisiens. Ils nous ont annoncés une date mais sont arrivés avec une semaine de retard. Pour toute excuse, ils m'ont dit qu'on ne parlait pas le même anglais !

Au fil de la conversation, les français apprennent que Besim étudie les sciences politiques. Il a comme beaucoup de jeunes de son âge des ambitions révolutionnaires.

–Quand je retournerai en Bosnie je combattrai pour l'unité de mon pays. Je viens d'un village enclavé. Mon père est un ancien moudjahidin. Je ne garde que peu de liens avec ma famille qui me voit comme un traître pour être parti étudier en Croatie. Et puis mon look décadent ne plaît pas.

La conversation s'interrompt brusquement quand il se rend compte qu'il est en retard pour le concert de métal d'un groupe norvégien de passage à Split.

Le soir, les rues s'illuminent d'enseignes de night-clubs. Sur les quais les fêtards emplissent les péniches-dancings. Zlatko frime à bord de sa *Jeep*. Il roule sur le front de mer musique à fond. Il appuie sur l'accélérateur et explose toutes les limitations de vitesse, gagnant sa course face à un ami rencontré sur la voie de gauche. Il se gare sur le parking extérieur en bas de l'avenue principale. La place de la République grouille de cafés où résonne le son des orchestres tziganes. Des groupes de filles à la tenue légère, il y en a à la pelle. Un trio attire l'attention de Xavier. Il accélère le pas.

–Salut les filles ! Alors vous allez où ?

–Pourquoi tu veux savoir ?

–Juste pour engager la conversation. Moi c'est Xavier.

–Moi c'est Milena, et ma copine c'est Tamara, mais elle est plutôt timide.

–C'est joli comme prénoms. Vous êtes en vacances ?

–Oui et non. En vérité nous sommes venues pour un entretien. Et on en profite pour visiter Split. Parce qu'on vient de la campagne.

–Et vous travaillez dans quel secteur ?

–On est dans les centres d'appel. Tu sais, lorsque tu appelles pour une panne et que tu tombes sur Mireille.

–C'est toi Mireille ?

–Oui. Elle c'est Chantal.

Un homme surgit, enragé. L'air s'électrise.

–Laisse la tranquille, c'est ma copine ! hurle-t-il. Ici, arrêter les femmes comme tu le fais ça se fait pas !

A peine Xavier a-t-il le temps de répondre que le poing de l'homme s'allonge et vient heurter sa tempe. Ce dernier, légèrement sonné mais encore leste, réplique en visant de toutes ses forces le bas de l'œil gauche. L'homme titube en reculant avant de s'étaler sur le dos. La tête levée, il semble sonné et cherche Xavier de son regard trouble qui se trouve debout juste devant lui. Déjà la plaie ouverte laisse couler le sang le long de l'œil puis de la joue. Un autre qui observe la scène le relève. Xavier repart avec ses amis. Derrière lui, l'orgueil pousse le vaincu à relancer l'affront. Prévenu à temps par Zlatko, Xavier se retourne et lui fait face. Le pantin désarticulé semble hors de contrôle. Il gesticule mollement. Son visage tuméfié ne demande qu'à poursuivre le combat jusqu'au K.O. Xavier retire sa sacoche en bandoulière et la tend à Jérôme.

–Tiens, ce mec pourrait me l'arracher.

Et l'homme se jette sur Xavier, lui envoie un coup esquivé in extremis. Le crochet qu'il reçoit en retour à l'œil droit finit de l'achever. L'homme s'étale et Xavier s'agenouille précipitamment pour lui entourer le cou avec son bras.

A ce moment, un attroupement encercle les deux combattants. Quinze hommes galvanisés par le spectacle. Xavier se redresse. Un grand homme monté sur échasses lui fait face. Un bras puissant venant de derrière agrippe l'épaule de Xavier. C'est un gorille du pub qui le jette à la terrasse qui est étrangement vide. Xavier s'assoit à une table. Il commande une assiette de frites. Devant lui, les hommes enragés tentent de forcer le passage. Heureusement, ils sont repoussés. Une serveuse conduit Xavier aux toilettes où il s'enferme. Dehors, le troupeau ivre de haine revancharde est prêt à foncer sur le pub. Le vigile lance alors une phrase qui va les en dissuader.

–Il est parti par la porte de derrière !

A la prononciation de ces mots le troupeau fonce vers cette direction et avale les escaliers quatre à quatre.

–Votre pote est mort ! crie de façon déchaînée l'un d'eux à Jérôme et Zlatko.

Le téléphone de Jérôme vibre. La voix de Xavier ordonne :

–Va chercher la voiture et récupère-moi dans la rue de derrière.

Zlatko, qui a compris, propose de traverser l'avenue. Arrivés sur le parking, il ouvre la portière à distance puis ils grimpent. Le moteur s'emballe. Zlatko se gare le long de la parallèle au pub et Jérôme appelle Xavier. Celui-ci fonce vers la voiture qui démarre en trombe.

–On va pas rester sur cet échec les gars, prévient Zlatko. Je connais un endroit. Mais pour l'amour du ciel, laissez-moi faire !

Le bar est plein à craquer. La musique est assourdissante, tout le monde danse. Des flashs laser de toutes les couleurs zèbrent la salle. Zlatko traverse tant bien que mal la cohue suivi des français pour accéder à une table où deux filles sont assises. Elles sont seules, perdues dans la foule qui se bouscule autour d'elles. Elles portent des robes argentées et boivent des cocktails. Zltako leur fait la bise et présente ses nouveaux amis. La plus jeune et plus jolie s'appelle Agata, sa copine Kristina. Agata est brune avec des grands yeux verts. Son regard erre dans l'immensité de la salle et s'arrête un moment sur Xavier. Leurs regards se croisent une fraction de seconde. Xavier se rapproche d'elle tandis que Jérôme engage la discussion avec Kristina. Ace spectacle, Zlatko sourit. Il connaît pas mal de monde ici. Il en profite pour faire un tour de salle. Lorsqu'il revient, Xavier et Agata ne sont plus là. Ils parlent dehors depuis un moment. Xavier se tient contre la portière d'une voiture.

–Tu as quelqu'un en France ? demande Agata, à moitié ivre.

–Xavier hésite.

–C'est compliqué. On a décidé de prendre un peu de distance.

– Pourquoi ? Tu ne l'aimes pas ?

–J'ai pas envie d'en parler, là, tout de suite.

–T'as raison.

Un client du bar trébuche légèrement sur la fille qui s'agrippe au cardigan de Xavier.

–Hey, fais gaffe ! lui crie Xavier, encore échaudé des événements de la soirée.

–Excusez-moi, je voulais pas vous ennuyer. Allez, sans rancune.

Agata rigole et, rassurée par l'intervention de Xavier, l'embrasse. Ils retournent dans la salle où la musique techno tape encore plus fort. Elle s'agrippe à son cou et lui la soulève. Ils tournent sur la piste en criant. La fille lève les bras sous les rires de Zlatko et Jérôme. La fête se prolonge jusque tard dans la nuit.

Les fêtards ont consumé leur vitalité jusqu'à ce que l'aube les ait envoyés se coucher. Xavier se réveille la bouche pâteuse. La soirée s'est finie tard et il se rappelle qu'ils sont rentrés avec les deux filles. Elles ont dormi dans la chambre de Zlatko. Eux se sont serrés sur le sofa. Xavier se lève et s'approche de la chambre. Il entrebâille la porte. Agata le regarde. Elle est allongée et semble bien réveillée. Xavier s'avance et se penche pour lui faire la bise quand la fille tente de l'embrasser. Il tourne la tête et s'en va. En bas de la résidence, les filles passent les derniers moments avec les garçons. Eux vont se promener en ville, s'avaler un *burek* et yaourt en guise de petit déjeuner. Elles rentrent dormir. Eux sont en bermudas et débardeurs, elles en tenue de soirée. Le gardien interpelle Zlatko.

–Ici, il y a des familles. Les gens ne veulent pas voir ça.

–Vous parlez de mes cousines ?

La vieille ville de Mostar est nichée dans la profonde vallée de

Neretva, ville ottomane puis austro-hongroise. Les maisons turques du quartier du vieux pont *stari most* ont la caractéristique architecturale ottomane, méditerranéenne et occidentale. Ce qui facilite la coexistence de diverses communautés religieuses et ethniques. Patrimoine de l'UNESCO, toute l'économie de la vieille ville tourne autour de ce fameux pont qui sépare les bosniaques musulmans des bosniens croates orthodoxes. Jérôme et Xavier piétinent côté bosniaque et regardent successivement tous ces commerçants de bracelets, porcelaines, peintures. Sur le pont, un jeune homme en maillot de bain se tient droit, les bras ouverts. Il est prêt à sauter devant une foule de touristes en liesse. Le plongeur fléchit les genoux et monte à un mètre dans les airs avant de retomber comme une pierre dans le fleuve. Les touristes ont à peine le temps d'applaudir qu'un complice tend une corbeille en réclamant des billets. Chacun joue le jeu. Une commerçante arrête les français et les prie d'entrer dans sa boutique. Elle leur offre un thé. Elle manie plutôt bien le français pour avoir un temps tenu une boutique rue de rennes avec une amie parisienne. Les murs de sa boutique sont recouverts de photos en noir et blanc de ce pont détruit par les serbes.

–Les images de ces destructions ont choqué les opinions et ont été le déclencheur de l'intervention de l'OTAN dans ce conflit.

Plus tard, les deux compères poursuivent leur chemin et rejoignent la villa de Dzana qui fait face à la gare routière. Dzana est une femme de trente-trois ans qui vit seule avec son père malade. Elle occupe le premier étage avec lui et laisse les trois chambres du rez-de-chaussée aux visiteurs. Jérôme et Xavier s'installent dans la chambre numéro trois, tandis qu'un couchsurfeur norvégien occupe la chambre voisine. Dzana leur offre un café et entame la discussion.

–Je voyage souvent grâce au Couchsurfing. Il y a trois ans, avec mon compagnon de l'époque nous avions décidé de parcourir l'Indonésie. Une fois arrivés devant la porte de notre hôte, une famille avec quatre enfants, le père nous a refusés lorsqu'il a appris que nous n'étions pas mariés. Après quoi nous avons utilisé la fonction *last minute couch request* et atterri chez un hôte super sympa dans la banlieue de Jakarta.

L'aisance de cette fille captive Xavier.

–Raconte-nous ta vie ici.

–Je travaille dans un lycée où les bosniaques sont séparés des croates. Ils ne se croisent jamais, même à la cantine. Le proviseur a fait en sorte de décaler l'heure du repas.

–Et à la sortie, les bosniaques ne parlent pas aux croates ?

–Si bien sûr, à ce moment, le lycée ne nous contrôle plus, alors chacun essaie d'aller vers l'autre. Je pense que c'est à la nouvelle génération de provoquer les changements de mentalités. Les élèves sont nés lorsque la guerre venait de se terminer. Alors l'amertume n'existe presque pas chez eux. Il y a plein de filles croates qui rêvent de sortir avec des bosniaques et inversement!

Xavier et Jérôme partent observer les alentours dans la nuit noire. Ils se perdent dans les ruelles non éclairées. Seuls les bâtiments aux murs blancs permettent de se rendre compte qu'ils tournent en rond. Au détour d'une ruelle inhospitalière, les impacts de balles défigurent les façades. Le chant du muezzin descend depuis le minaret sur les terrasses. Les murs renvoient les échos. Tels des fantômes, les croyants en djellaba surgissent de nulle part et se dirigent vers la mosquée.

En revenant à la maison, Dzana les fixe. La jeune femme est à la terrasse de l'étage. Elle se tient droite, légèrement accoudée, la main droite portant une cigarette. Elle leur sourit. Xavier fait de même. Elle semble seule. Elle vit avec son père qui souffre d'un cancer des poumons. Alors ces visiteurs c'est sa manière de rompre la solitude. Elle voyage à travers leurs histoires.

Jérôme se pose dans la chambre. Il s'étale de tout son poids sur le lit et fixe le plafond.

Xavier préfère aller causer avec la maîtresse des lieux. Il a le sentiment que son devoir du moment est de lui tenir compagnie. La sortir de ses pensées. Lorsqu'il arrive à l'étage, Dzana sort de sa bouche un nuage de fumée qui favorise une atmosphère singulière, envoûtante, presque saturante. Elle tient la cigarette aux extrémités de l'index et du majeur, comme une vraie dame.

–Alors comme ça tu voyages souvent dans des endroits exotiques ?

–J'adore, ça me change les idées. Regarde ici, c'est pas la joie.

–Mais tu as la Croatie pas loin.

–Les croates, c'est pas ma tasse de thé.

–Tu le préfères parfumé à quoi ?

–De quoi tu parles ?

–Ton thé, tu le préfères à quoi ?

–A la crème de papaye brésilienne. Ça éveille tous mes sens.

–Tiens donc.

–Oui, j'en raffole. D'ailleurs je suis allée deux fois au Brésil chez des couchsurfeurs.

–Tu m'en diras tant...

Les deux inconnus se sourient. Le clair de lune confère de la profondeur à son regard. Xavier veut à tout prix la toucher. Cette idée rampe sur son corps comme une sueur froide.

   –Regarde-moi, dit-elle avec une intonation câline...

De ses lèvres ne filtrent qu'une voix éraillée. Un silence s'installe.

   –Est-ce que je te plais ? demande-t-elle, insidieuse. Un enfant comme toi ne devrait pas cacher ses sentiments.

Légèrement offusqué, bientôt cajolé, Xavier prend un air désinvolte. Lentement, il passe ses doigts sous l'armature de son soutien-gorge. La poitrine palpite. Ses lèvres à demi ouvertes adressent de muettes paroles.

    Jérôme est sorti de son sommeil par l'appel à la prière. Il doit être cinq heures. Mostar est assez petit pour que l'écho atteigne toutes les résidences. Son regard balaye la pièce. Il est seul. Xavier n'est sans doute pas dans la salle de bain à cette heure-ci. Ce n'est pas son genre. Il se rendort.

    Jérôme se lève et ressent des courbatures dans le bas du dos et le haut des mollets. Il a porté son sac à dos toute la journée de la veille. Il piétine avec ses chaussons et se gratte la tête. A peine a-t-il ouvert la porte donnant sur la cuisine collective qu'il se fait barrer la route par le norvégien qui court à l'évier vomir. Son regard qui se lève et croise celui de Jérôme est vide.

   –J'ai dû avaler quelque chose de pas clair. On m'avait prévenu. L'eau de bouteille, faut s'en méfier. Le vendeur a dû me filer une bouteille ouverte.

Et il repart tête baissée dans sa chambre.

Des voix proviennent du balcon. Celle d'une femme d'abord. Puis Jérôme reconnaît la voix de son ami. Il tente de rester discret et sort sa tête à moitié.

Il aperçoit à l'étage les deux amants qui semblent plongés dans une conversation profonde. Il ne souhaite pas les interrompre. Il ressent une profonde admiration quand il voit Xavier. Il est au-dessus de la mêlée. Il voit l'opportunité dans chaque instant de la vie. Ce qui est une faculté divine. Il retourne dans la chambre et s'assoit sur son lit. Il sort de son sac un paquet de madeleines et en dévore une. Dehors le soleil frappe. La chaleur est déjà insupportable. L'envie de sortir s'aérer se fait pressante. Mais comment faire sans croiser le regard des deux oiseaux perchés à l'étage ? Il n'a pas le temps de réfléchir que surgit Xavier qui l'avait aperçu. Il est prêt à partir.

Cela fait bien une heure et demie que les gens attendent sur le quai numéro un de la gare de Mostar. De toute façon il n'y a qu'une seule navette par jour pour Belgrade. Aucun écran, aucun panneau d'information, aucune voix de femme annonçant avec lassitude qu'une panne électrique ou que l'assemblage des wagons et de la locomotive a retardé le départ du train. Aucun agent de gare en vue. Les bosniens semblent résignés. Seuls les touristes s'agitent. Sur le quai d'en face une mère et son fils flânent. Ils ont l'air mal en point. Ni l'un ni l'autre n'est chaussé. Le garçon doit avoir douze ans. Ses yeux blancs ne font aucun doute sur sa cécité. La crasse le défigure. La mère désespère. Chassés par un policier elle traverse les rails en tirant son fils par le bras et rejoint le quai numéro un. A chaque personne qu'elle croise elle s'arrête et montre le visage du garçon dans l'espoir de faire naître chez eux de la compassion. C'était sans compter leur indifférence. La traversée des rails passerait pour de l'incivilité ailleurs. Ici il n'est pas coutume d'emprunter les passages souterrains pour changer de quai.
Le train arrive en gare. Les wagons sont vétustes et les gens qui montent portent une tristesse infinie sur leur visage. Les plis revêches des vieilles femmes leur dessinent des bouches qui semblent ne pas s'être ouvertes depuis la guerre. Le trajet offre un paysage somptueux. Les montagnes surplombent la vallée.
Dans le wagon, les passagers s'entassent. Xavier et Jérôme se contorsionnent pour glisser leurs cartes d'identité dans leurs chaussures. Leur plan est béton : aucun ne parle anglais, ni français, ni espagnol. Ils balbutient du verlan. Une fillette intercepte la main de Jérôme glisser son

porte-monnaie dans le slip. Elle écarquille les yeux et parle à l'oreille de sa mère qui le foudroie du regard. « *Pervers* », semble-t-elle lancer, ayant mal interprétée le geste. A l'autre bout déjà, la contrôleuse fonce. Elle déboule trop vite pour qu'ils se permettent de rester sur place. Xavier essaie tant bien que mal de se frayer un chemin. L'arrêt suivant est proche. La contrôleuse n'est plus qu'à cinq mètres. Xavier dépasse un peu brusquement une vieille dame qui se fait contrôler. Heureusement, la vieille, un peu gauche, prend un temps précieux pour fouiller dans son sac à main. Le quai est enfin visible et Xavier tourne délibérément le dos à la contrôleuse qui doit maintenant annoncer au micro l'arrivée du train à quai. Les portes s'ouvrent et les français descendent. Puis ils courent à toute allure vers le bout du train et remontent précipitamment avant que la contrôleuse ne les aperçoive et donne le coup de sifflet. Le train redémarre. Les français se font de plus en plus remarquer au fur et à mesure des stations. La vilaine revient en arrière contrôler des touristes chinois. Ils sont cuits. Pourtant, la contrôleuse déboule, les croise et foncent en première classe contrôler d'autres passagers. Pas le temps de réfléchir, Xavier prend l'initiative de traverser l'allée et repart à l'avant du train, bousculant par la même occasion de nombreuses personnes. Arrivés en tête de train, Xavier lance un ultime regard en arrière. La contrôleuse déboule à nouveau, infatigable. Son cerveau est conditionné pour retenir les cinquante passagers qu'elle a déjà contrôlés et repérer ceux qui ne l'ont pas été. Trop tard pour elle, déjà le quai apparaît et machinalement, elle doit retourner faire son annonce.

5

Rien qui puisse te faire du mal.

Jérôme sirote une grenadine sur le canapé du salon. Xavier se prélasse. Il a les deux pieds posés sur la table basse et s'empiffre de pistaches en écoutant Brigitte Lahaie dans son casque. Sur la deuxième chaîne, Caroline dévore Natacha sous les yeux de Ruquier. Sur la troisième, les JO de Sotchi. Sur la quatrième un reportage déjà vu sur *Al Jazeera*. Sur la cinquième Caroline, l'autre, se fait dévorer par Jean-Luc. Sur la sixième, Janet imite son frère. Albertine la voisine les a rejoints. Physiquement, c'est l'ersatz d'Angela Davis avec une coupe afro en étendard à la Don King. Sa bouche est colorée comme une fleur de coquelicot. Ses yeux sont à fleur de tête. Elle est accroupie. Elle peint une grande toile qui représente le corps humain vu de l'intérieur. Le squelette est dessiné à l'aide du côté coupant des cartes bancaires. En toile de fond, Kiev la malheureuse est prise en tenaille. *Euronews* délivre des images de guerre civile. Albertine, de sa voix à la fois sensuelle et posée, se lance dans une analyse géopolitique :

–On se croirait en Tchétchénie. Le tyran va se détruire lui-même disait Shakespeare.

–Albertine la fantasque. Tu me feras toujours rire, rétorque Xavier la bouche pleine, postillonnant des miettes.

–Moi au moins j'ai fait des études. Et toi, t'as été jusqu'où ?

–C'est bon lâche moi avec ça.

–Poutine, il a eu la Crimée comme Hitler a eu les Sudètes. Les américains c'est plus ce que c'était. Maintenant on sait qui est le chef d'orchestre.

–Les Russes ? Tu parles... dit Jérôme.

–On dira ce qu'on veut. Les américains ils peuvent rouler des mécaniques, on voit qui a les couilles...

–Albertine la poète...

–C'est vrai... regardez les européens. Ils dégainent leur sabre de bois. Ils peuvent brandir ce qu'ils veulent. Ça changera rien au processus. L'autre il veut son empire. Et puis Obama veut entrer dans l'histoire comme étant le président de la paix, il est carrément hostile à toute ingérence.

Xavier porte sur elle un regard mi-amusé mi-atterré.

–Et toi avec tes beaux discours, qu'est-ce que tu comptes faire de ta vie ? A part être sous perfusion financière de la Caisse d'Allocations Familiales ?

Le visage d'Albertine affiche une des expressions universelles : les yeux levés au ciel, elle s'enflamme.

–Agir. Ouais, je compte agir. Je suis une pragmatique. Un peu de galon et je m'envole mener un coup d'État au Liberia. On m'a arrachée à mes racines. Mon combat sera de mettre fin à la malédiction des matières premières dans la région.

–Il faudrait pour ça que t'arrêtes l'eau de vie. Tu pérores sans arrêt...

–La ferme toi, phacochère... tiens, admire ma toile.

–Ça y est, la joute verbale est lancée. Chacun dans son camp s'il vous plaît, fin du premier round, soupire Jérôme en haussant les sourcils.

–Ta toile ? Tu rigoles ! C'est qu'une vulgaire copie de Basquiat ! Tu ne crées rien.

Albertine descend au même moment un verre de rhum coupé à dix pourcents avec du jus d'orange. Xavier soupire.

–Regarde, t'as même pas les yeux en face des trous. Et puis arrête de fumer aussi. A force tu vas chopper quelque chose.

–Ben si on lui coupe la langue elle arrêtera peut-être de déblatérer, lance Jérôme.

Albertine leur offre une grimace qui pousse au fou rire.

–Albertine, pourquoi tu dis qu'on t'a arrachée à tes racines ? interroge sérieusement Jérôme.

–Au Liberia, mon père était agriculteur. Un jour un paysan nomade est venu avec son bétail paître sur sa parcelle car les pâturages étaient meilleurs. Mon père, qui avait peur de voir sa parcelle se réduire, a sorti la machette. Mais le paysan était armé d'une kalachnikov. Forcément vous devinez comment ça s'est fini. A partir de ce moment, j'ai quitté le Liberia.

Adèle fait une entrée discrète. Elle est en pyjama et tient une tasse de maté. Elle souffle dessus pour le faire refroidir. Assise à côté de Xavier, elle admire l'œuvre d'Albertine.

–Tu sais Adèle, tu devrais lui donner plus à manger à ce type parce qu'à chaque fois que je viens il me saute dessus. Il a les crocs je te le dis…

–De quoi tu parles ? Il n'a pas les crocs, il m'a moi.

–Qu'est-ce que t'es naïve. Tiens, il t'a dit ce qu'il faisait à l'étranger, en Couchsurfing ? Vas-y, creuse le terrain…

–Franchement je vais pas te mentir Adèle, mais parfois loin des yeux loin… acquiesce Xavier.

Elle le coupe.

–C'est énorme ! T'es en train de te confesser là ! se désole Adèle.

–C'est quoi ce procès d'intention les filles ?

–T'inquiète petite, je serai là pour le surveiller la prochaine fois.

Reste à voir comment les choses évolueront. A savoir si les amusements de Xavier seront archivés par son entourage dans la case "ragots anecdotiques" ou dans la case destinée à recevoir l'image la plus merdique accolée à un mec dans son genre : un coureur de jupons. Quoi qu'il en soit, Adèle se demande depuis quelques temps si Xavier est ce gars irréprochable dont elle s'est toujours sentie fière.

–J'aimerais connaître ta conception du Couchsurfing. Jérôme, tu l'accompagnes, tu connais donc son état d'esprit lors des voyages.

–C'est un débat stérile Adèle.

–De toute manière t'es grillé mon pote. Tu suintes le batifolage jusque-là, poursuit Albertine.

–Écoutez-là, elle est bête à manger du foin, et elle se permet de la ramener. Continue tes horreurs et ferme-la, martèle le présumé coupable.

–Salopard ! dit-elle en grimaçant.

–Ouais Albertine, occupes-toi de ton salon de massage corporel ! gémit Adèle.

–Et toi arrête d'être aussi mièvre. Et puis je suis banquière et accessoirement relaxologue corporel très chère.

La conversation s'interrompt brusquement lorsque Xavier tousse et tousse encore. Il ne se contrôle plus. Il commence à hyper ventiler et saisit une boîte de cachets vert et orange fluo. L'impénitente achève le malade.

–Le médecin il a voulu te finir, il t'a délivré un cocktail explosif. Tu parles c'est de la poudre de perlimpinpin. Là quand tu vois la couleur du machin tu te dis que t'en a plus pour très longtemps.

–Quoi ? crie Adèle, en pianotant sur son ordinateur.

–Qu'est-ce qui te met dans cet état ? demande Albertine.

–Ça fait pas une semaine que je me suis inscrite sur Couchsurfing et j'ai déjà reçu pas moins de trente-cinq demandes. Elles viennent toutes d'hommes indiens.

–C'est connu ils sont en mal de femmes.

–Écoutez :

Si tu m'ouvres ta porte je t'ouvre mon cœur.

–Rien que ça !

–A neuf-mille kilomètres tu ne risques pas grand-chose ma belle, dit Albertine.

–Écoutez ce message :

Je suis cuisinier. Je pourrai te préparer un dîner. J'ai l'impression qu'on passerait du bon temps ensemble.

–Carrément...

–Deux questions me traversent l'esprit : 1- C'est bon la gastronomie indienne ? 2- C'est comme ça qu'on demande l'hébergement sur ce site ?

–Ah ah ! C'est une bande de dragueurs invétérés ! Bon je file, bonne soirée tout le monde ! dit Albertine.

Jérôme la raccompagne. Adèle en profite pour se rapprocher de Xavier. Elle lui saisit les poignets puis fixe chacun de ses yeux, l'un après l'autre.

–Qu'est-ce que tu fais là-bas ?

Xavier ne l'a jamais trouvée aussi belle.

–Rien qui puisse te faire du mal.

Ces mots résonnent comme un aveu. Adèle ferme longuement les yeux. Elle inspire profondément. Xavier reste figé de longues minutes. Jérôme, posté derrière le mur de sa chambre, sent son estomac se nouer. Il éteint la lumière et s'allonge sur son lit. Il regarde le plafond. La culpabilité envahit son esprit. Cette nuit il ne trouvera pas le sommeil.

6

Vous allez me manquer.

Bonjour Xavier et Jérôme,
on va passer les fêtes de fin d'années à Paris. Un canapé serait parfait. Vous
serez là ?
Haï.

Bonjour Xavier.
Je m'appelle Noah. Je suis colombien et je suis de passage à Paris. Je vais
rester 3 nuits. Je n'ai pas de problème avec le fait que tu as un chat.
J'espère qu'on va bientôt se connaître.

−C'est du copier-coller, aucun intérêt.
Et Jérôme envoie la demande aux indésirables.

Bonjour, jeune ukrainien cherche un canapé pour 2 nuits. Très sociable.
A plus tard j'espère !
Marko.

−Totalement impersonnel, aucun intérêt.
Et Jérôme répète l'opération. Au même instant, une *pop-up* Facebook
s'ouvre en bas de l'écran. Pedro, leur prochain hôte espagnol, souhaite
engager la conversation.
−*Comment ça va ?*
Instant de flottement…Puis Jérôme fait un effort.
−*Comme sur des roulettes…*
−*Pardon ?*

–Ça va très bien.

Second flottement... Une minute passe. Pedro relance.

–Tu fais quoi de beau ?

–Rien d'intéressant. Je réponds à une demande d'un ukrainien.

–Et tu vas l'accepter ?

–Quel curieux celui-là. Ça le démange ou quoi ?

–Dis-lui de se mêler de ses fesses, conseille Xavier.

–Troisième flottement...

–T'es là ?

–Oui. Non. Je l'accepterai pas. Son message est impersonnel.

Quatrième flottement...

–Pourquoi ?

–Je viens de te le dire. Il n'a même pas mentionné mon nom.

–Tu devrais intégrer un code en bas de page de ton profil. Ainsi tu exiges qu'il apparaisse dans la demande.

–C'est pas con... Bon Pedro, je dois te laisser. Je vais prendre une douche.

–Tu as une webcam ?

Énième flottement...

–Je déconnais.

Message non transmis. Votre interlocuteur est déconnecté.

Xavier, Jérôme et Albertine arrivent devant une villa cossue de Grenade. Ils frappent à la porte. Un juron parfaitement net leur répond de l'intérieur. Les français se sentent observés à travers le judas. Benicio se fait désirer. Il finit par ouvrir et apparaît dans l'embrasure de la porte, en partie dissimulé dans l'obscurité de l'entrée. Il est vêtu d'un peignoir et porte une chevelure d'apôtre. Les orbites ne laissent refléter aucune lueur, aucune étincelle. Son sourire offre une mâchoire carnassière soutenant un mélange de chicots pourris et de couronnes sales. Ses sourcils s'étendent comme des arcs à poulies et leurs pointes se rencontrent à la racine d'un nez crochu. Leur simple levée découvre les rides du front et lorsqu'ils se froncent apparaît la ride du lion. En face de lui se tiennent trois jeunes qu'il n'attendait plus : une afro portant un échafaudage capillaire et ouvrant des yeux de merlan frit encadrée par un grand gaillard à l'allure de catcheur et d'un type quelconque qui manque singulièrement d'envergure. La fine fleur française, songe le vieil homme.

L'après-midi se déroule dans la convivialité. L'appartement est confortable et Benicio se montre très courtois. Les invités se sentent à l'aise... jusqu'au dîner. Jugé peu accommodant, Xavier n'a pas conquis ses faveurs. Benicio ne daigne pas faire la moindre attention à sa personne. Il s'adresse à Albertine, qui semble s'attirer les bonnes grâces.

–Et toi t'es d'où ma jolie ?

–Ce genre de patois misogyne ça m'écorche les oreilles. Je suis désolée de devoir être honnête avec vous, rétorque l'intéressée un verre de sangria à la main.

–Regardez-moi ça, c'est qu'elle en a du caractère !

El rais lui prodigue un conseil :

–Écoute mon petit, pour toute chose que tu veux faire dans l'enceinte de ma maison, tu dois obtenir mon aval, prévient-il d'un ton qui n'admet pas de contestation.

Parle-t-il de cette bicoque ? Est-ce de l'ironie ou pire encore de l'hérésie ? Finalement, Albertine se détend au fur et à mesure que le vin fait son effet. Au dessert, elle sent le besoin de retourner prendre une deuxième bouteille à la cuisine où elle retrouve Jérôme qui justement est en train de l'ouvrir.

–Il me fiche la trouille l'autre sociopathe, avoue-t-elle.

En cette douce matinée ensoleillée, sa majesté de Cordoue est de mauvaise humeur. Ses traits d'humilité s'évanouissent complètement. Les obligés sont à la merci de sa moindre saute d'humeur s'ils ne satisfont pas ses caprices. Son dédain prend soudainement de l'ampleur lorsqu'Albertine renverse le pichet d'eau sur la table, mouillant ainsi les pancakes grillés personnellement par le monarque. Un véritable crime de lèse-majesté. Pour sa maladresse la désavouée va essuyer ses colères, quand bien même elle s'empresse de racheter cette offense. Le roi la considère avec une désinvolture. Il fixe sur elle un regard noir. Pas un muscle de sa face ne bouge.

–Elle en a mis partout par terre, renâcle-t-il.

A ce moment, les sujets comprennent qu'ils viennent de passer du système de soumission modérée au système de servitude. Même son favori Jérôme passe en quelques heures des sommets à la disgrâce.

Spectateur de cette scène humiliante, Xavier lui jette un regard plein de réprobation :

–Vous vous prenez pour qui? C'est pas parce qu'on est chez vous que vous avez des droits sur nous. On n'est plus au 19ème siècle. Certains invités vous ont peut-être fait allégeance mais avec moi ça ne prend pas.

–C'est à toi que je devrais retourner la question. T'es chez moi alors tu vas te plier à mes ordres. Nettoie cette foutue table et tout se passera bien, invective l'autre.

Naturellement, de telles menaces ne sont que de simples exploits oratoires.

–Espèce de dictateur à la mords-moi-le-nœud. Vous me dégoûtez.

–Exécute ! tempête-t-il. Et puis sache que ta riposte doit être plus musclée que tes attaques efféminées.

–Vous avez un problème avec les femmes ? intervient Albertine.

Le roi tyrannique administre un royal crachat dans l'air chaque fois qu'il grogne.

Albertine, folle de rage mais encore sous le choc de l'audace de celui qui se tient en face, reste figée. Elle ne dérougit pas.

–Je vais te gifler...

Elle se lève brusquement et gifle son oreille si violemment qu'il bascule de sa chaise. Dans sa chute la main gauche d'Albertine vient arracher une mèche de cheveux, trophée aussitôt brandi.

–Je les vendrai sur les marchés du Liberia au prix des amulettes !

Elle saisit le fromage et l'enfourne dans sa gorge. El Rais manque de s'étouffer. Le roi déchu se redresse à temps pour recevoir une explosion nucléaire dans l'entrejambe. Albertine prend ses affaires suivie par Jérôme et Xavier et claque la porte.

Les rues de Séville sont bondées d'adeptes et de curieux venus admirer les célébrations de *Pâques*. Dans les artères piétonnes, pas un centimètre carré ne laisse passer Jérôme et ses amis. Albertine se fait chahuter par un père de famille dont la femme en chaise roulante vient de recevoir son sac à dos en pleine figure. En plus, la pauvre femme a payé vingt-cinq euros pour être au premier rang et pouvoir admirer le quasi immobilisme des répliques du Ku Klux Klan porter des torches et des croix. Chaque chrétien avance d'un pas toutes les deux minutes. Tous portent le même accoutrement : un costume blanc ou noir, pointu au sommet, qui recouvre tout le corps et qui ne laisse passer que les yeux. Albertine se sent mal à l'aise. Elle voudrait traverser ses rues rapidement mais à chaque ruelle, à chaque détour emprunté, une rue principale perpendiculaire offre le même spectacle. Cela fait bien une heure et demie qu'ils sont sortis de la gare. Pedro doit les attendre. La situation est délicate puisqu'à cause du retard, ils ont gâché la soirée de leur hôte. Tant pis. Au coin d'un café reculé ils trouvent enfin le bâtiment D en face du terrain de basket. Un couple entre dans l'immeuble. Jérôme en profite pour retenir la porte. Arrivés au quatrième, Xavier sonne. Un cri venant de derrière la porte retentit. C'est Pedro, cinquante-quatre ans, trapu au look de jeunot, coupe gominée, en bras de chemise hawaïenne. Il leur saute dans les bras. Il ne doit pas dépasser le mètre soixante. Il parle anglais avec un accent très prononcé. Ce qui fait de lui un personnage atypique, presque une caricature des mafieux italiens. Une cigarette dans la main gauche, il invite ses convives à rejoindre la table du salon. Jérôme entend une conversation à l'autre bout de l'appartement. Ça doit faire dans les quatre-vingt-dix mètres carrés. Autour de la table, quatre jeunes finissent leurs pizzas.

–Voici mes neveux ! lance Pedro, hilare.

–Enchantée, répond immédiatement Albertine. Tous rigolent.

–Mais non, ce sont des couchsurfeurs ! Et il pointe les sacs de randonnées rangés en pagaille.

Pedro est une vraie pile électrique. Il ne dit plus grand-chose et se positionne debout, à la place du père de famille, les bras écartés et les mains posées sur les coins de la table. Il admire ses enfants avec un rictus de satisfaction qui file la chair de poule à Albertine, entourée de sept mecs. Il y a Mika le hongrois de vingt-deux ans, Gary le chilien de vingt-six ans qui est arrivé la veille, Simon et Antony les canadiens de vingt-et-un et vingt-cinq ans, arrivés il y a à peine deux heures. Tous font un service civil volontaire en Europe ou sont en Erasmus.

Jérôme parcourt du regard la pièce qui est vaste et décorée avec goût. Il remarque que Pedro est parcouru de tics nerveux, de torsions de tête dont il ne paraît pas avoir conscience. La cigarette qu'il tient entre le majeur et l'annulaire semble être le remède pour atténuer tout ça.

Pedro commence à gesticuler autour de la table. Puis il finit par s'asseoir mais casse un pied de chaise et chute violemment au sol.

–Oooooooooh ! Pedro ! Ça va ? s'alarment en chœur les deux canadiens.

Tabarnak ! T'as dû te faire mal au coccyx !

Après le repas que n'ont pas pris les trois amis, Pedro propose sans se soucier de l'avis des jeunes de sortir faire la fête.

–Allez, tout le monde dehors !

Déjà deux clans se sont formés. D'un côté les jeunes, de l'autre le vieux. En réalité, tous les jeunes sont exténués et ne rêvent que d'une chose : aller se coucher. Sauf que Pedro n'en a pas décidé ainsi.

Dans la Renault espace, Antony qui mesure deux mètres est assis à la place du mort. Ses yeux se ferment, les batteries sont à plat. Sa main droite porte sa tête. Mais la fougue de son voisin le secoue à intervalles constants. Pedro totalise au moins six infractions pendant le trajet : tapage nocturne, changement de voie sans clignotant, limitation de vitesse explosée, multiples grillages de feux rouges, zigzags entre les voitures, ceinture cassée. Il s'en moque royalement, il est toujours aussi hilare et ce costume de chef de famille l'excite encore davantage. Il est maître de la soirée. C'est lui qui décide à quelle heure sa progéniture ira se coucher. Sur les quais il se gare enfin, sans embûche. Il veut montrer à ses jeunes un concert de Flamenco. A l'intérieur, l'ambiance est typiquement espagnole. Un groupe de cinquantenaires remue et sue. Il est trois heures du matin. Les guitaristes frottent les cordes avec ardeur ce qui fait monter la pression. Pedro veut réveiller Jérôme. Il l'attrape autour du cou, lui fait une bise baveuse et le secoue. Le sourire qu'il attend en retour ne vient pas. Jérôme n'est pas d'humeur.

–La soirée ne fait que commencer... lui lance ironiquement le canadien monté sur échasses.

Xavier s'assoit sur le banc en fond de salle. Albertine le rejoint. Ils n'ont jamais été aussi complices dans le supplice.

–C'est une horreur ce type, t'as vu comment il colle Jérôme ? Moi il me touchera pas, ça il peut toujours attendre.

–Aucune inquiétude, t'es une fille, rassure Xavier.

Les sept couchsurfeurs finissent par s'asseoir sur le banc. Un jeune sur deux tape du pied au rythme de la guitare. Pedro, lui, se tient debout, tournicotant, une coupe de sangria à la main, déjà à moitié torché, toujours aussi volubile même quand il n'y a personne pour l'écouter.

–Mon dieu que c'est pathétique, lance de sa voix désabusée celle qui sait dorénavant qu'elle n'aura pas à faire à lui de près.

De retour enfin dans la Renault, la fatigue ne se fait plus ressentir. Il est presque cinq heures du matin. Au fond, Albertine a déjà repéré le grand canadien assis à côté de Pedro. Elle murmure à Xavier :

–Regarde-le ce grand niaiseux. Totalement *peace and love*. Il fait de la lèche tant qu'est plus. Il espère quoi ? Dormir dans son lit ?

Elle ricane si nerveusement que Xavier ne peut pas s'empêcher de l'imiter. Pedro est satisfait de sa prestation de ce soir. Il appuie sur l'accélérateur. Les routes de Séville *by night* sont fluides. Il roule encore bien plus vite que tout à l'heure. Sa coupe de cheveux toujours parfaitement gominée, il ricane tout seul tandis que les passagers s'endorment peu à peu. Il ne le remarque même pas. A la radio, un son de David Guetta l'excite davantage encore. Il tourne le bouton à fond. Ce qui a pour effet de percer les tympans de tous à l'exception de Gary dont la tête bascule en avant, son corps seulement retenu par sa ceinture. On dirait presque qu'il vient de recevoir une balle en pleine poitrine. Qui Pedro espère-t-il impressionner ? Il n'y a personne dehors. Tous dorment depuis bien longtemps. Bientôt la lune disparaît derrière les premiers rayons. Le loup garou jette un œil dans le rétroviseur. Albertine dévisage le prédateur. Ces yeux, ce sont ceux de Michael dans *Thriller*... Au pied de l'immeuble, il fait pratiquement jour. Les oiseaux chantent déjà. Pedro est depuis longtemps tout seul à rire, enivré. Le cauchemar n'en est qu'à son balbutiement. Un sursaut de lucidité réveille Jérôme.

–Vous savez sur quoi on va dormir ?

Pedro sort trois matelas gonflables. Pour Albertine ce sera le canapé-futon convertible. Pour les autres il reste à pomper... dans le vide. La pompe est obsolète. Exténué, Jérôme pense au sèche-cheveux, en vain. A bout de nerfs il se couche sans parvenir à trouver le sommeil. Albertine observe les étoiles à travers la baie vitrée. Elle éprouve un malaise soudain à l'idée de passer deux nuits supplémentaires ici. Elle voudrait tant communiquer son ressenti avec Jérôme. Mais les couchsurfeurs éparpillés sur le sol rendent la tâche impossible. Elle finit par s'endormir difficilement.

Deux heures sont passées. Pedro est déjà d'attaque. Albertine est à plat ventre, la gueule enfarinée dans les coussins, imperturbable. Sur la table, une montagne de *churros* et de chocolat ne demande qu'à être dévorée. C'est englouti en moins de deux par les canadiens. Xavier est en retrait dans le canapé. Partager ce repas avec ces goinfres le rebute. Plutôt mourir de faim. Pedro le cherche et tente de lui frotter le cuir chevelu. Mauvaise pioche. Il reçoit en retour un geste brusque qui le fait reculer de deux pas. Les charognards sont trop occupés pour avoir remarqué la scène grotesque.
–Pervers... fulmine Albertine qui ouvre un œil.
–Bon les gars, écoutez-moi. Ce matin on va visiter les monuments de l'exposition universelle de 1992 avec Gary et Mika. Qui nous accompagne ?

Le soir venu, les canadiens ont investi le canapé central. Ils sont obnubilés par le match des Pistons de Detroit contre Dallas. Albertine les rejoint. Xavier dort sur le canapé de gauche. Mika, Gary et Jérôme prennent celui de droite. Pedro s'éclipse dans sa chambre. Puis il revient vêtu d'un slip. Personne ne prête attention à lui. L'ambiance est trop calme à son goût. Pedro propose aux jeunes un film. Aucun ne fait l'effort de montrer un quelconque intérêt. Un silence de cathédrale s'installe. Pedro insère le DVD et s'éclipse à nouveau. Un enchaînement de scènes pornographiques s'affiche sur le grand écran, volume à fond. D'abord Jérôme lève les yeux, suivi de Gary et Mika. Puis Albertine.
–Ooooh ! Tabarnane ! Pedro !!!! Mais qu'est-ce que tu nous as mis là ? Ça va pas ? Qu'est-ce qui te prend ? s'égosillent en chœur les canadiens.
L'insolant passe sa tête derrière le mur de verre et leur offre un sourire pervers. Il savoure. Il jouit de cet instant indécent qu'il croit maîtriser. Il se

retire dans sa chambre.

–Je sais pas vous mais moi je pars me coucher ! lance l'un des canadiens.

Mika et Gary rejoignent piteusement la chambre de Pedro. Arrivés les premiers à l'appartement, ils ont eu l'honneur de partager le lit deux places du chef de famille. Dans le lit, Pedro dort déjà profondément. Mika et Gary le dévisage avec dégoût. Trop éreintés, ils se couchent de part et d'autre sur le dos. Ils restent immobiles, puis s'endorment.

Nuit profonde. Nuit de sous-terre. Il expire la nuit Pedro. Il ne fait que ça. Gary ne trouve pas le sommeil, lui, l'enfant de l'île de la désolation. Il fixe le plafond. Coussins et couettes à la main, il part s'installer sur les chaises de la table du salon. Jérôme, lui, dort d'un œil.

Aujourd'hui, Mika et Gary doivent quitter l'appartement. Chaque matin le joug recommence : Pedro salue les garçons avec effusion. Il enlace Gary. Sa tentative sur Mika se solde par un rejet. Échaudé, il se contente de lui serrer la main. Puis il part dans la foulée en scooter chercher un jeune américain. Jérôme part à la chasse à la tablette numérique de Pedro. Il retourne la chambre et la trouve sous l'oreiller. Il se remémore le code et s'installe sur les canapés du salon. Il se connecte au site et se précipite dans sa messagerie. Il supplie Iga, sa prochaine couchsurfeuse de Lisbonne, de les accueillir un jour plus tôt, soit ce soir. Albertine est accoudée au balcon. Elle prend un bain de soleil tout en se grillant sa première cigarette de la matinée. Déjà le bruit des clés dans la serrure les fait sursauter. Pedro claque la porte en compagnie de la brebis qui ne sait pas encore qu'elle va être dévorée. Le message envoyé, Jérôme se déconnecte hâtivement au moment où Pedro s'incruste et vient s'asseoir à ses côtés.

–Pedro, nous devons partir maintenant.

–Pourquoi ça ?

–Une couchsurfeuse a un imprévu et elle doit nous accueillir ce soir.

En disant ces mots, il tente de faire passer la pilule en offrant une collection de petits tableaux de Paris.

–Vas-y Pedro, choisi.

–C'est toi que je choisis. C'est toi que je veux, dit-il en poussant le buste de Jérôme de son index intrusif. Et si toi et *Xavi* on partait à la mer l'été

77

prochain ? Ça vous dit les amis ?

Xavier, qui n'envisage pas une prochaine fois, se dérobe. Quand à Albertine ses globes oculaires ne font qu'un tour. Elle manque de s'étouffer avec la fumée.

–Pardon ? clame-t-elle.

–Ne fais pas ses yeux, on dirait que tu veux foudroyer les gens !

Lisbonne, ses azulejos, faïences locales, ses façades colorées et les linges qui sèchent aux fenêtres. De Bairro Alto à Marques de Pombal, les grands-mères sont postées sur les balcons. Entre deux *pasteis de nata* rua Belém la *Sagres* coule à flot.

Dans la fournaise de l'habitacle, Iga est au volant, Urszula à l'arrière. La première porte des lunettes de soleil et la coupe garçonne. Elle a le visage très doux. Une intelligence se dégage d'elle. Son sourire peut-être. Sa manière assurée de tenir le volant sans doute. Xavier et Jérôme apprennent sur le tard que les deux jeunes femmes sont sœurs, originaires de Pologne. Urszula admire ses ongles fraîchement manucurés sans dire un mot. Parle-t-elle anglais ? Au Portugal, toute fille de cet âge parle anglais. Elle tape du pied et chantonne sur tous les hits anglo-saxons qui passent à la radio. Elle trifouille ses boucles d'oreilles démesurées. Iga jette un coup d'œil dans le rétroviseur puis double la voiture école en lâchant une insulte que les français parviennent à traduire. Cette femme n'a le temps de rien. Elle agit vite, comme elle réfléchit vite. Elle semble maîtriser sa vie comme elle maîtrise parfaitement la route. La conduite d'Iga est à l'image de son caractère ; à fond, sans détour. Elle rase même un vieillard sur le parking de sa résidence du quartier d'Amadora. C'est d'ailleurs avec étonnement que Jérôme découvre un quartier plutôt agréable, aux antipodes de ce qu'on lui avait décrit, à savoir un mélange des quartiers nords de Marseille et des favelas de Rio. Dans l'ascenseur, Iga, Jérôme et Albertine se tassent. Xavier et Urszula grimpent à pied. Pensant comprendre le jeu de Xavier, Albertine s'extirpe et les suit. Urszula fait demi-tour et vole la place d'Albertine avant que la porte de l'ascenseur ne se ferme. Dans la cage d'escalier, Albertine se traîne et s'essouffle à vociférer :

–Tu croyais pouvoir conter fleurette à la sœurette ?

–Garde ton souffle, on a douze étages à monter.

Arrivés sur le palier, la porte entrouverte, les autres sont déjà allongés sur le canapé du salon. Pour rien au monde ils ne manqueraient *The Voice*. Urszula se pousse volontiers pour laisser Xavier s'installer. Albertine s'assoit sur une chaise et admire le tableau : quatre personnes qui se connaissaient à peine il y a vingt minutes et qui ricanent devant l'émission. Les uns parce qu'ils sont fans, les autres parce qu'ils ne comprennent pas un mot mais qu'ils voient la famille ricaner. A la fin de l'émission, Iga montre à ses convives leur chambre et leur salle de bain privée. Trois matelas au sol. Il y a aussi un notebook rempli de commentaires sans originalité des deux-cents couchsurfeurs qui sont passés par là. Il manque celui de cet indien qui s'était perdu et qui avait réveillé Iga à deux heures du matin, exigeant le gîte et le couvert.

–C'est la gifle et son revers qu'il a reçu, s'amuse Iga. Au fait, que s'est-il passé à Séville ?

–Tu veux vraiment le savoir ? interroge Jérôme.

–Ça m'intrigue. Venez me racontez ça.

Iga retourne au salon. Elle s'installe sur un gros fauteuil et écoute attentivement le récit des français. Elle boit une tisane et se masse les pieds nus et vernis.

–Un pervers, manipulateur, bipolaire, coupe Albertine.

–T'y vas un peu fort, tempère Jérôme. Il est resté correct jusqu'à cet événement.

–Quel événement ? interroge Iga.

–Il nous a montré un film de cul !

–*Ai que horror* ! To okropne comme on dit en Pologne. Je suis ambassadrice Couchsurfing. Donnez-moi son profil, je peux le faire remonter à l'administrateur.

–T'en es capable ?

–Et comment ! Son profil sera supprimé dans les 48 heures et il perdra tout le bénéfice de ses références positives ! L'an dernier j'ai reçu un couple du Guatemala. Ils partaient toute la journée et rentraient le soir pleins de sacs de fringues. Ils entassaient tout dans le cagibi. Le mois dernier ils m'ont demandé de revenir, à la même période. Et ils voulaient rester un mois ! Je leur ai répondu que j'avertirais l'administrateur pour couper court à leur trafic.

Il est trois heures du matin. Tout l'appartement dort. Xavier se glisse à pas de loup dans le salon. Urszula est allongée sur le canapé. Elle dort d'un œil. Sa présence ne la surprend pas. Elle a dû voir juste dans son jeu. Elle savait ce qu'allait se passer cette nuit. Elle reste dans la même position et attend que Xavier s'approche. Dans un anglais hésitant, Xavier évoque maladroitement que les portugaises l'ont toujours attirées, qu'elles ont du caractère et que ça l'excite. Urszula lui rétorque :
–Tu m'as prise pour qui ? Je ne suis pas intéressée.
–C'était juste pour parler un peu.
–Mais oui, mais oui, pour parler de quoi ?
Cendrillon ressemble davantage à Jabote à y regarder de près. Se redressant brutalement, l'humilié part à reculons. Et il s'éclipse. Il ouvre discrètement la porte d'entrée et y coince une chaussette. Il grimpe sur le toit et se penche. Cette action lui file le vertige. Le quartier d'Amadora tout entier dort. Aucune lumière en vue. Il décide de descendre les douze étages et de faire une promenade dans le quartier. Tout est si paisible. Tellement que s'en est inquiétant. Sous un oranger, il saute et arrache les vitamines C. Il n'a pas envie de retourner là-haut. Il rumine son fiel et son dépit en arpentant les rues désertes. Il n'a pas sommeil. En bas d'une ruelle un épicier est ouvert. Xavier fouille ses poches. Il a juste assez pour oublier ses tracas.

Quelle heure est-il ? Difficile de le deviner. La chambre est plongée dans le noir complet. Jérôme entrebâille la porte et perçoit une ombre marcher très vite en direction de la salle de bain. De dos il reconnaît Urszula qui est restée dormir sur le canapé. Par terre, Albertine et Xavier dorment profondément. Un bruit sec et bref provient du salon. Le contact discret d'un doigt qui frôle les touches d'un clavier. Jérôme piétine sur le parquet. Il s'arrête derrière le mur de séparation. Iga est là, assise sur son canapé, perdue dans ses pensées. Ce bruit, il réalise qu'il l'entend depuis des heures. Il comprend aussi qu'une partie de la journée est déjà derrière lui. Dans deux heures ils doivent prendre le train pour Porto. Cette perspective le culpabilise. Il a profité des lieux pour s'octroyer une grâce matinée. Il ne réfléchit plus et décide de s'asseoir à ses côtés. Cette entrée ravit Iga qui lui sourit naturellement. Ce sourire, c'est comme s'il avait perdu tout son rayonnement de la veille.

–Assieds-toi, c'est l'heure de prier.

Urszula s'installe sur un fauteuil. Elle s'engouffre un *franceshina* et sirote son jus d'orange à la paille. Xavier apparaît. Elle le regarde en esquissant un sourire. De bonne guerre. Puis elle murmure à l'oreille de sa sœur qui rit d'une manière distinguée.

–Qu'est-ce qu'elle a dit ? bouillonne l'intéressé.

–Elle trouve que t'as la tête de quelqu'un qui à la courante, ose Iga.

Elle joint ses paumes et croise les doigts. Elle ferme les yeux puis est vite imitée par sa sœur et Jérôme.

–Seigneur, nous te remercions car nous sommes encore en vie ce matin. Nous pleurons tous ceux qui n'ont pas survécu cette nuit. S'il-te-plaît, protège Jérôme et ses amis des turbulences qui pourraient se trouver sur leur chemin lors de leur long voyage jusqu'à Porto.

A ces mots elle ouvre les yeux, puis reprend.

–Ton train est dans deux heures ?

–Ça passe si vite.

Un silence s'installe. Jérôme fixe l'écran.

–Tu es sur *mappy* ?

–Je regarde combien ça coûte si on prend la voiture jusqu'à Aveiro. Je vous déposerai à la gare.

–Mais c'est à mi-chemin entre ici et Porto. C'est énorme !

–Si ça me fait plaisir ? Je travaille qu'à dix-huit heures je te rappelle.

Jérôme ne sait quoi dire. Au fond, ils ne pouvaient espérer mieux.

La lagune et les marais salants encerclent la cité où domine le canal central. Sur le front de mer de la plage Costa Nova s'étale une myriade de maisons en bois multicolores. Trois petits vieux assis sur des sièges pliants apprécient le vide touristique. Iga s'assoit sur les rochers, rejointe par Jérôme et Xavier, puis Albertine. Les cheveux au vent, le regard perdu dans l'horizon, elle s'impose un temps de réflexion. Elle sort de son sac à dos un bloc de croquis et observe ses amis.

–Je peux vous dessiner ?

–Avec plaisir, dit Albertine.

Iga conserve son sourire et s'applique à la perfection.

–Vous me faites rire tous les trois. Vous êtes si différents et pourtant vous voyagez ensemble.

–Elle nous suit, dit Xavier. Elle est sans responsabilité professionnelle.

–Et toi tu es sans responsabilité conjugale.

–Je ne voulais pas créer la pagaille, rigole Iga.

Un second temps d'arrêt s'impose.

–Vous allez me manquer. Il faut que vous reveniez l'an prochain. On n'a pas eu le temps d'apprendre de chacun. Vraiment j'y tiens.

–Avec plaisir, dit Albertine sincèrement.

–Quand vous reviendrez, on fera une semaine de windsurf. Mon cousin tient un club. Il vous donnera des leçons gratuites.

Le canal des pyramides se termine au port de pêche où sont amarrés des bateaux à la proue peinte de couleurs vives. La Peugeot se gare devant l'entrée principale de la gare qui fait face aux berges. Sa façade est couverte d'azulejos. Assis à l'avant, Albertine saisit le bras d'Iga. Un temps, ses yeux plongent dans ceux, rougis, de la conductrice.

–Merci pour tout.

–Revenez vite.

Le moteur démarre. De dehors, Jérôme aperçoit les larmes d'Iga dans le rétroviseur intérieur. Sans se retourner, elle braque le volant.

7

Ils ont leur part de responsabilité.

Jérôme est assis à son bureau tandis que Dany est allongé sur sa table, silencieux. Diego est en fond de salle. Il est occupé à claquer la porte droite de l'armoire, jusqu'à ce qu'elle cède. Au moins ça l'occupe.
  –C'est la cour des miracles là-dedans, marmonne Jérôme. Un bel opéra d'hystériques.
Il cherche un manuel dans le tiroir.
  –Toujours pas motivés par les équations les gars ? lance Jérôme ironiquement.
  –Non, je veux m'acheter un scooter, répond Dany.
  –D'accord, mais pour ça tu dois gagner de l'argent. Et pour gagner de l'argent tu dois...
  –Travailler, je connais le refrain.
  –Bah alors, pourquoi tu le fais pas ?
  –Parce qu'on m'avait promis que je passerais le brevet cette année.
  –Qu'est-ce qui s'est passé ?
  –Demandez au proviseur. Cet enfoiré il a pas voulu au dernier moment. Du coup, j'en ai plus rien à faire de vos équations.
  –Cool...
  –En plus on sait que vos armoires sont pleines de manuels pour école primaire.
  –C'est pour ça que tu fermes à clé ! crie Diego.
Il continue son travail sur l'armoire. Dany se déporte sur la table voisine et soulève son ancienne table au-dessus de sa tête, puis il la secoue en bas, en haut, plusieurs fois, sous le regard démuni de son prof.
  –C'est pas possible, c'est les nouveaux sauvages... Faut absolument que je

parte de là.

Dany se marre. Son rire est dément. Tout à coup, on vient taper à la porte. C'est le proviseur, frêle, innocent, inoffensif.

–L'inspecteur veut vous voir. Vous vous défroquez ?

–Pardon ?

–Vous voulez déjà nous quitter ?

–Oui... euh non. Je suis obligé de vous répondre ?

Le proviseur le considère.

–Non, c'est génial ici. Regardez, on s'éclate.

–Ah, ça me rassure. Mais que font-ils là ?

–Ils ne veulent pas de mes équations.

Une trousse frôle le crâne dégarni du proviseur.

–Bon je vous laisse à votre travail. Bon courage.

Le proviseur s'enfuit.

Jérôme regarde sa montre. Il reste trente minutes. Insupportable.

–Bon j'ai une idée. On va faire de la recherche informatique. Vous allez devoir chercher toutes les marques de scooters.

Les brigands se précipitent et dégomment la porte pour rejoindre la salle informatique. Jérôme les suit. Il s'installe devant une machine et se connecte. Il cherche un hôte canadien. Il filtre les derniers profils connectés et tombe sur un couple proche de la région du Saguenay-Lac-Saint-Jean. La fille sur la photo a le charme du Canada malgré ses grosses lunettes.

Ce vendredi après-midi dans la fournaise de la salle de formation de l'institut du BTP, les dirigeants d'entreprises n'écoutent plus le cours de métré dirigé par Xavier. Ils sont à bout d'une semaine intense où on les a forcés à grimper sur des échafaudages et à repeindre les murs de la salle de travaux pratiques. Les élèves sont disposés en carré et déjà la moitié d'entre eux dort la tête dans les bras. Le spectacle est affligeant. Il devient abasourdissant lorsque l'unique femme parmi les élèves chiffonne sa feuille de cours et la jette contre les fesses de Xavier qui écrit au tableau des formules ayant perdu leur sens depuis fort longtemps. Les hommes rient aux larmes. Xavier, déjà d'une humeur peccante, semble ahuri. Ce qu'il vit est à peine croyable. Lui, l'élève turbulent chahuté par des dirigeants d'entreprises. Il attend que le directeur passe dans le couloir puis il entrebâille la porte. Lorsque celui-ci est assez loin pour ne pas surprendre la scène qui se déroule, Xavier avoue :

– Franchement je vais pas vous mentir. Je n'adhère pas au projet de cet établissement. Pour moi c'est du bluff tout ça. Vous êtes là pour vous éclater, pas pour résoudre des calculs que vous déléguerez. De toute façon avec le patron on s'aime pas. Si je suis ici c'est juste pour ramener le steak dans l'assiette ce soir.

Dans sa poche le portable vibre. C'est un message d'Adèle.

La secrétaire se lève et vient poser sa main sur l'avant-bras de Jérôme. Il est assis dans un coin et reste plongé dans ses pensées. Elle le secoue. Il réagit. L'inspecteur l'attend dans son bureau. Dans l'ascenseur, Jérôme se regarde dans la glace. Il cherche de l'assurance dans ses propres yeux. Au bout du couloir, la lumière du bureau est perceptible.

– Prenez place, fait l'inspecteur en désignant le siège.

Celui-ci cherche un dossier dans une pile bien fournie.

– Alors comme ça vous souhaitez nous quitter ? Pour quelle raison ?

– J'ai beaucoup voyagé. J'aime comprendre comment un pays fonctionne. Ainsi j'aimerais prendre part aux liens que la France entretient avec ses partenaires.

– C'est louable.

L'homme prend une pause. Il est imposant physiquement, tant en hauteur qu'en largeur. Il caresse son chapeau en feutre, puis reprend.

– J'ai un poste pour vous aux affaires étrangères. Vous vous occuperez des affaires européennes. Ça vous va ?

– C'est parfait monsieur. J'ai visité presque tous les pays européens.

L'homme esquisse un rictus.

– Restez modeste. Visiter un pays et connaître son fonctionnement c'est différent. Sur ce, bon courage.

Il se lève et tend la main à Jérôme. Puis il l'invite à quitter les lieux.

Son contrat dans le nouveau ministère prend effet au 1er septembre. Il veut profiter de sa dernière occasion de faire un long voyage. Assis sur la lunette des toilettes, Jérôme contemple la mappemonde. Ses yeux ne se détachent pas de l'Amérique du Nord. Le Canada. Il avait pris son billet à vingt ans. A l'époque, le site Couchsurfing n'existait pas encore. Il avait choisi un package pour traverser les vastes paysages du nord. Mais les durées qu'il devait passer dans le car, plus de dix heures chaque jour, avait fini de le dissuader. Il avait larmoyé au téléphone toute une après-midi et imploré l'agent administratif d'annuler son dossier de réservation. Par chance, il était tombé sur une mère de famille compréhensive avec une audace qui aurait pu lui coûter sa place. Elle avait jeté son dossier à la poubelle et Jérôme avait été remboursé intégralement. Décidé à partir loin, il avait arrêté son choix sur la Martinique. En réalité, c'est l'agence de voyage qui avait choisi pour lui. Le mec avait flairé un gamin un peu pommé, et lui avait vendu l'invendable en cette saison : « *Vous voulez du soleil ? Du farniente ? J'ai ce qu'il vous faut.* » A une heure de l'atterrissage l'avion subissait des secousses à faire pâlir un martiniquais. Et dans l'urgence, l'avion avait dû faire une escale à Saint-Martin. « *Pas de panique, rassurait la voix de l'hôtesse, tout est sous contrôle. Petite perturbation passagère, c'est normal.* » Enfin atterri, la pluie diluvienne annonçait un cyclone qui allait clouer le bec aux grenouilles et laisser chez eux le personnel de l'hôtel. Les champs de bananes ravagés et les excursions annulées, Jérôme avait dû se déplacer en stop. De cette mésaventure il en garda un bon souvenir mais l'envie de terre neuve lui est restée toutes ces années. Cette fois il était temps. Sur son trône il est le roi du monde. En tirant la chasse d'eau il sait qu'il laisse derrière lui un métier qui lui procure un trésor inestimable et qu'il ne retrouvera nulle part ailleurs : le temps de voyager.

Il est deux heures du matin. Un bruit de loquet extirpe Jérôme de son sommeil. Le bruit vient du salon. Une batte de base-ball derrière le dos, Jérôme pénètre dans la pièce. Ce qu'il voit ne le rassure pas. La fenêtre bouge légèrement. Il se penche. Xavier est suspendu à la tuyauterie le long de la façade. Il est passé en loucedé par chez le voisin. Les doigts tremblotants, il tente de pousser la fenêtre avec son pied gauche, en vain.

– Le truc c'est de ne pas regarder en bas sinon c'est fini, gémit-il.

Jérôme lui saisit le bras et le tire à l'intérieur du salon.

– C'est bon personne n'est mort, se marre-t-il, inconscient du risque encouru.

– Tu files un mauvais coton mon pote. Qu'est-ce que tu fiches dehors en pleine semaine ?

– Toi tu fermes toutes les écoutilles ! raille-t-il. Pas un mot à Adèle.

– Tu me prends pour qui ?

– Entre frangins, on sait jamais.

– Peut-être. Pas de soucis. Bon je vais me pieuter, je suis vanné, soupire Jérôme.

Mais à peine fait-il un pas qu'il est appréhendé par Adèle qui surgit de leur chambre.

– C'est quoi encore ce plan ? T'as encore été traîner je ne sais où ? s'exclame-t-elle.

– Pourquoi t'es toujours d'une humeur massacrante ? se lamente celui qui est acculé.

– Tu me portes sur les nerfs Xavier ! Je ne supporte plus tes coups en douce !

– Qu'est ce qui te travaille ? Je constate que tu n'es pas dans ton état normal.

– Je constate que tu n'es pas dans ton état normal... répète-t-elle, éplorée. Mais tu es passé maître dans l'art de retourner la situation à ton avantage. Regarde-toi, tu ne tiens même plus debout. Pire, tu n'as aucun état d'âme.

Xavier la bouscule. Elle perd son équilibre et se rattrape de justesse sur le canapé. Il s'en va se coucher en claquant la porte. Elle saisit son front des deux mains, tentant de faire face aux spasmes du sanglot. Jérôme la prend dans ses bras. Il colle sa tête contre la sienne.

– Peut-être qu'il est mieux à l'étranger parce qu'il t'habitue à son absence. Il vit mieux cette situation. Il n'est pas obligé de jouer un rôle. Il doit penser qu'il te laissera seule quoi qu'il se passe. Et cette impuissance le rend comme il est.

– La vie avec lui c'est comme une pièce de monnaie Jérôme. Tu sais pas si tu vas tomber pile ou si tu vas te la prendre en pleine face. J'en peux plus de vivre comme ça.

Elle se lève et se dirige vers la salle de bain. Elle prend appui sur le lavabo et plonge son regard dans un visage qui perd chaque jour en grâce. Les yeux rougis la rendent encore moins désirable.

Par une sombre matinée, Jérôme se connecte sur le site. Il s'adresse à Xavier.
– Ça m'étonne, le profil de Pedro est toujours actif. T'as vu que Mika et Gary lui ont laissé une référence positive ?
– Pourquoi ces mecs le recommandent aux autres par une référence positive ?
– C'est exactement où je voulais en venir. Tu sais ça me rappelle ce que me disait Ana à propos de ce qui était arrivé à Jin-Sang. Ces mecs continueront tant qu'ils auront un profil irréprochable.
– Surtout que les gens ne lisent pas entre les lignes. Trop de personnes s'empressent d'envoyer des demandes impersonnelles sans même lire les avis des gens qui ont tâté le terrain. Ils ont leur part de responsabilité.
– C'est clair. Qui est le plus fautif ?
Des pleurs proviennent de la chambre de Jérôme. Des pleurs mélangés à des cris de colère. Jérôme et Xavier se regardent un moment puis ils décident d'aller voir. La porte est entrebâillée. Agenouillée au sol, la fille japonaise qu'ils accueillent se larmoie devant l'écran de son ordinateur.
– Elle skype avec son gars. Hier soir déjà elle n'a même pas fait l'effort de nous parler avec Adèle. Elle s'est enfermée et a pleurniché. Une vraie hystérique.
Jérôme tape à la porte puis entre.
– Fukima, voici Xavier. Il habite ici.
La fille s'immobilise un court instant puis tourne sa tête à quatre-vingt-dix degrés. Elle fixe Xavier. Ses yeux sont noyés de larmes. Elle se détourne et s'adresse à nouveau à son ordinateur dans un braillement inaudible.
Le voisin du haut meugle : « *Tu peux dire à ta chinoise de la mettre en sourdine ?* »

8

En l'honneur de votre fête nationale !

En cette fin d'après-midi, la place de l'hôtel de ville de Trois-Rivières est bondée. Des enfants jouent avec les jaillissements des fontaines. Un troupeau de retraités répète leur chorégraphie sur de la musique cubaine. Jérôme et les autres sont assis sur un banc et tentent de déchiffrer le plan de la ville. Ils doivent sortir du centre et traverser le pont qui mène aux quartiers nord. Un gars d'une vingtaine d'années, grignotant des bleuets, marche comme un pantin, leste et furtif. Jérôme essaie de l'arrêter :

–Excuse-moi, on est un peu perdus, tu sais où se trouve le pont ?

Le type le regarde avec des yeux dont la surface couvre la moitié du visage.

–Eye ! Vous êtes français ? demande-t-il avec un accent québécois très prononcé. J'aime bien vous autres t'sais. J'ai habité chez vous là. Bienvenue chez nous.

–Merci, tu dois être le seul gars qui ne porte pas de tatouage ici, ça fait drôle.

Le gars rigole :

–Bin raide. T'sais ici c'est un mode de vie. Regarde partout autour de toi le mot *tatoo* c'est celui qui revient le plus souvent. C'est un business qui fonctionne bien là. Moi j'aime bien les français t'sais. D'ailleurs j'ai un peu du sang de chez vous. Louis XIV a envoyé mon ancêtre 'sieur Boucher au Québec pour leur crisser une volée à ces indiens. Ça fait drôle quand j'en croise un dehors. T'sais les rois de chez vous là, ils avaient l'accent de chez nous aujourd'hui jusqu'à ce qu'on leur coupe la tête.

Un silence condescendant accompagne cet aveu. Il enchaîne. Les français le laissent parler tant il est comique. Ses yeux sont écarquillés, seule la bouche est en mouvement, pour parler mais aussi pour ingurgiter les bleuets.

–T'sais les montréalais ils nous appellent les hommes des bois. Ils pensent qu'on passe nos journées à couper les arbres icitte (ici). Pis notre accent il est encore plus prononcé. Ça fait qu'ils nous comprennent pas.

Le gars les scrute, toujours en gobant ses bleuets.

–Vous êtes en culotte courte là, cancane-t-il. Vous allez être mal pris. Mettez une culotte longue si vous voulez pas vous faire sucer tout votre sang français. Les moustiques en raffolent t'sais.

–C'est noté !

–Vous avez un char ?

–Non on est à pied.

–C'est correk quand même. Vous devez marcher jusqu'aux lumières pis vous prenez votre gauche jusqu'à croiser la rue Fusey pis vous passez l'île Saint-Christophe. Bon j'vais pas vous faire niaiser trop là.

–Merci pour tout.

–Bienvenue.

Sur le chemin, le mot *arrêt* remplace le mot *stop* sur les panneaux routiers, le fast food KFC s'appelle PFK pour Poulet-Frites du Kentucky. Ces gens-là tiennent à leur langue. Aucun indice ne prouve qu'on est en Amérique du Nord, mise à part la perpendicularité des avenues. Chaque maison est construite en bois et possède un jardin ornée d'orchidées. Quelques chats guettent sous les voitures la venue de ces étrangers. Les écureuils grimpent au sommet des arbres et poussent des cris comme pour alerter du danger. Adèle est assise sur le porte-bagages. Collée à Xavier elle sourit à la vue d'Albertine pédalant à toute vitesse et levant les bras au ciel. La largeur des avenues conjuguée à l'absence de circulation apporte un vent de liberté. A côté, Jérôme sourit à sa sœur. Devant, Albertine fanfaronne et manque de chuter à plusieurs reprises. Adèle sert fort le buste de Xavier. Sa joue droite vient se coller à son épaule. Elle regarde les arbres défiler. Elle aimerait que cet instant demeure éternel.

La petite maison d'Ann-Josie et de Jean-Benoît fait l'angle. Un Husky aux yeux vairons manque de peu d'arracher la laisse qui le relie au perron. Albertine évite la chute. Jean-Benoît retient l'animal. L'homme est grand. Une pieuvre a élu domicile sur son crâne. Un savoureux mélange entre Albert Einstein et *Vendredi ou la vie sauvage*. Il conçoit des engins pour l'hiver genre moto de montagne.

–Hey everybody ! lance-t-il d'un air enjoué.

–Salut, lance Adèle sans faire l'effort de s'adapter aux particularités linguistiques.

–Bon matin les amis ! Comment va la vie ? lance Ann-Josie qui dépasse allègrement le mètre cinquante-cinq.

Ses grosses lunettes cachent un doux visage, intelligent et très calculateur.

–Bien, répond Adèle. Et toi ?

–Ça va bin, elle se maintient.

–Désolé, reprend Jean-Benoît, je vous avais pas vu, j'étais dans mon garage en train de ressouder une de mes bécanes. J'vous ai pas fait trop niaiser là ? T'en fais pas le chien il est affectueux, il est juste super content là. Regardez les chums, ça c'est mon nouvel engin, une moto-ski. J'y ai fixé trois skis en titane. J'espère le commercialiser tantôt.

–A quel prix ? demande Xavier.

–6600 bucks.

–C'est peut-être un peu cher. Tu peux pas le baisser ?

–On y pense avec mon associé. Mais ça me prend des semaines pour en fabriquer un. Le jour où je mettrai quelques jours t'sais, je pourrai peut-être le refiler à moitié prix, c'est pas si tant pire. Mais présentement c'est juste pas possible.

–Pis Jean-Benoît il a une autre activité qui lui prend du temps, coupe Ann-Josie.

–C'est ça, je m'en vais dimanche camper dans les bois pour quatre semaines. J'ai posé mes congés à l'usine.

–Qu'est-ce que tu fais dans les bois ?

–Je ramasse des bleuets. Je suis payé vingt bucks la caisse. J'arrive à en remplir quatre par jour. Sept jours sur sept, fais le compte. Je monte à deux-mille-cinq-cents bucks le mois.

–C'est autorisé au Canada ?

–Je suis payé au black. Tiens, vous autres aimez la boisson ?

Jean-Benoît s'en va chercher un pack de vingt-quatre bières dans le frigo pendant qu'Ann-Josie et les autres prennent place dans les canapés remplis de poils de chien. Autour, des serpents de toutes les tailles s'immobilisent dans leurs vivariums. Les globes d'Albertine s'écarquillent. Jean-Benoît s'adresse à Jérôme en lui tendant une *bud light lime*.

–Tu veux-tu ?

–Merci.

–Et toi, tu veux-tu ?

–Sans façon, répond Xavier.

–Tu vas avoir la gorge sèche. Ça me rappelle un chum à mon travail avec qui chu chicané. T'sais tantôt cet hostie de niaiseux est venu vers moi (*là il se lève pour mimer la scène*), pis il s'était pas rincer la gorge depuis la veille, alors la sécheresse a attaqué jusque ses entrailles, tu vois là ça sort du fond de l'intestin. Alors tu te positionnes à cinq mètres quand il jase. Pouah il refoulait jusqu'à trois kilomètres, tabarnane ! Rinces-toi le gosier. Respecte ton entourage ! Ou alors dégueule mais fais quelque chose.

Jérôme, Albertine et Ann-Josie éclatent de rire. Le regard de Jérôme croise celui d'un python. Jean-Benoît montre ses dents et fait des gestes nerveux de la tête sans s'en rendre compte.

–Pas d'inquiétude. Celui-là est inoffensif.

–Celui-là ? demande Albertine.

–On va au microbar avec Sophie, une amie à moi, coupe Ann-Josie. Ça vous branche?

Dans le microbar un groupe de filles vient spontanément s'asseoir sur le muret près de la table, intriguées de voir des québécoises accompagnées de français.

–Comment vous vous êtes connus ? lance la première, la plus boulotte des trois.

–Par Couchsurfing, répond Ann-Josie, frêle à côté. Tire-toi une bûche (prend une chaise).

La fille vient s'asseoir à la table.

–S'ra pas long... C'est comment qu't'as dit ?

–Couchsurfing. C'est un réseau social où des gens hébergent d'autres gens.

–Et pourquoi ils font ça ?

–Pour découvrir leur façon de vivre, pour connaître en profondeur le pays.

–C'est ben correct. Je vais m'inscrire aussi, comme ça je vais accueillir des français. Je suis ouverte et j'ai un divan. Et comment tu fais ?

–Tu t'inscris sur le site, pis tu remplies ton profil, tu mets des photos de toi...

–S'cusez...

Au milieu de la phrase, la fille part et déjà elle prend le numéro d'un chum à la table de derrière. Sophie et Ann-Josie se regardent et rient.

–Je suis ouverte et j'ai un divan, répète Albertine. Ben dis donc, elles sont directes au moins.

–Mais ça veut pas dire qu'elle écarte les cuisses t'sais ? défend Ann-Josie. Ça fait que c'est pas une agace (aguicheuse). En France vous agissez comme ça, mais nous autres c'est pas notre genre. Ben là là, ça va faire ! Il est où Gérard, il nous fait niaiser là. J'vais lui faire un signe.

–Je vous ai pas demandé qu'est-ce que vous faites dans la vie ? demande Sophie.

–On est prof, dit Jérôme.

–Ah oui ! C'est drôle tiens donc. J'ai fait un stage tantôt dans une école. T'sais j'ai pas duré. J'avais pô l'truc là. Ma collègue elle dégageait un truc qui fascinait les gamins.

Le serveur arrive et salue les québécoises.

–Comment vas-tu Gérard ?

Les filles se lèvent pour lui faire la bise.

–Pour moi ce sera une blanche Gérard, commence Sophie.

–C'est correk pour moi aussi, dit Ann-Josie.

Les français commandent la même chose.

–Ça fera quinze piarces.

–C'est bin correk pour moi Gérard. Vous autres là c'est correk aussi ?

–Bon c'est quoi votre programme pour demain ? interroge Sophie.

–On va faire du stop pour aller à l'est voir les baleines, répond Jérôme.

–Du stop ? C'est quoi ?

Jérôme montre le pouce.

–Ah vous aller faire le pouce ? Mais non je vous tire la pipe là. Les pouceux ils les prennent pas vraiment ici t'sais. En Europe ça marche j'en ai déjà fait, mais en Amérique c'est pas trop dans la culture des gens de s'arrêter. Encore si t'es juste deux filles ou alors un gars avec sa blonde ça passe, mais là, vous êtes deux chums et deux filles, ça fait trop nombreux.

–Vous allez vous niaiser sur la route là, enchaîne Ann-Josie. Moi j'veux bin vous prêter le char, mais faut revenir avant seize heures, j'ai un cours à donner.

–Un char ? dit Sophie. C'est un citron tu veux dire !

Après réflexion, Ann-Josie reprend :

–T'sais mais j'y pense là. Jean-Benoît s'en va travailler demain, ça fait qu'avec Sophie on s'était dit qu'on irait se baigner au lac Saint-Jean tantôt si ça mouille pas. Prenez vos maillots les gars ! Je mettrai la glacière dans le char !

La boulotte rameute. Ann-Josie se retourne.

–You-turn rev'la la pitoune…

–Quoi ? interroge Adèle.

–Demi-tour, la fille revient, murmure Sophie.

–J'ai vu un pétard (beau gosse) là-bas. Il est kioute (mignon). Anyway, j'ai pas entendu la fin de ta phrase.

–C'est correk. Je disais que le Couchsurfing c'est un mode de vie. Tu ouvres ta maison en toute confiance. Si la personne est fun ça peut être super enrichissant. T'apprends beaucoup des autres, de leur culture.

–C'est bô d'abord ! Et s'il est cheap (ringard) ?

–Là, tu trouves un prétexte pour écourter son séjour.

–Genre ?

–Si c'est un crosseur (profiteur), tu gosses genre tu dis que t'es brûlé et que ton chum il veut la paix.

–Caline de bine ! Kou don ! Je suis foule en accord avec toi. (*Elle prononce le mot foule comme une pétasse*). Bon, j'aurai bin jasé mais faut y aller.

La fille repart à la chasse. Ann-Josie la reluque.

–Shut up… Crisse ton camp d'icitte ! Décrisse !

–Pourquoi dis-tu ça ? lui demande Sophie.

–Ça m'énarve ! Elle n'a strictement rien compris du Couchsurfing. C'est ce genre de pitounes qui viennent pourrir le concept.

Les steel guitars des *Country sisters* résonnent dans le Jukebox. Adèle tire Xavier entre deux tables et commence le Triple step. Xavier l'imite, rejoint par Jérôme et Albertine. Sophie et Ann-Josie se lèvent à leur tour et se positionnent en seconde ligne. Elles improvisent des Stomp et des Rock step.

Le bruit d'un sac plastique en mouvement perturbe le sommeil d'Albertine. Elle ne veut pas ouvrir les yeux de peur de le perdre définitivement. Pourtant, elle sent la présence d'un corps à côté d'elle. Une chose qui rampe. Elle entend même ses respirations, régulières et profondes. Ce bruit dure quelques minutes. La chose se tend. Sa peau craquelle. Puis cette présence disparaît.

De la chambre voisine, celle de Xavier et Adèle, sort un grincement qui l'empêche de trouver le sommeil. Pourtant, la réconciliation de ses deux amis l'emplit de sérénité. Elle finit par s'endormir.

Le lendemain soir, Jean-Benoît termine le bœuf bourguignon et les pommes de terre. Les amis d'Ann-Josie s'installent pour le souper. Xavier et Adèle sont assis à côté, plus proches qu'ils n'ont jamais été auparavant.

–En quel honneur tout ce festin ? demande Xavier sans réussir à lâcher la main d'Adèle.

–En l'honneur de votre fête nationale ! répond Ann-Josie.

–J'étais pas au courant... T'étais au courant Jérôme ?

–Pas plus que toi...

Attablés, il y a Simon le guadeloupéen, Marianne sa nouvelle blonde, Mylène son ex dont la beauté a foutu le camp. Elle porte une coupe half hawk, rasée sur un côté. Assise en face de Jérôme, elle ne semble avoir qu'un objectif, repartir avec. Ce qui n'est pas dans l'idée du français qui s'efforce d'éviter son regard. La tâche est d'autant plus complexe que Mylène a un besoin sexuel de parler, *« de la mine dans le crayon »* comme dit souvent Jean-Benoît. Heureusement, Jean-Benoît a la langue bien pendue aussi.

–T'sais là on fait tous partie d'une troupe musicale. Présentement on joue la Belle et la Bête. Pis tantôt t'as quatre filles qui sont venues pour passer une audition.

–Aujourd'hui ? interrompt Albertine.

–Non, c'était hier, précise Simon.

–Sauf que Jean-Benoît oublie de préciser le contexte. On était au microbar et il était sur la brosse, précise Marianne.

–Sur la brosse ? dit Albertine.

–Il était cuit.

–Alors je vous les représente t'imagines, reprend Jean-Benoît fin saoul.

–Accouche qu'on baptise…

–Alors je vous les représente t'imagines : une maigre au beau visage, une autre aux courbes bien foutues mais moins jolie et une simplement laide t'sais. J'étais tanné ! *(il se met à pousser un rire qui s'apparente au cri des porcins. Ses amis rient aussi mais ne cautionnent pas les bruits buccaux).* Pis vient la dernière. P'tain t'es chrisment belle toi, tu veux-tu nous chanter quelque chose ? Pis ça a commencé à chier dans l'moteur. Elle chantait tellement faux, elle s'pognait l'cul, ça fait que chu évaché dans mon vomi, après avoir ingurgité quarante onces de Jack ! J'étais fou comme d'la marde !

La table entière rit à l'exception d'Ann-Josie qui préférerait se cacher sous la table. Le protagoniste rejoue la scène en s'effondrant sur la table, faisant tomber ses couverts.

–T'sais avec ta jasette, qu'est-ce qu'ils vont penser de nous nos invités, t'y as pensé ? Y vont jaser à leur retour en France.

–Tiens, Jérôme, tu peux-tu pogner le pain ? demande Marianne.

Le geste que fait la québécoise laisse supposer que pogner signifie attraper. Ann-Josie enchaîne.

–Mon chum de gars a pour habitude de fréquenter ce microbar. Ça tente-tu d'y finir la soirée comme hier ?

–Carrément ! s'enthousiasme Jérôme.

–Ok, si on part dans vingt minutes, c'est bin correk ?

Ann-Josie s'adresse à Adèle.

–T'as-tu accueilli des couchsurfeurs ?

–J'ai créé un profil une fois. Après quarante-huit heures, j'ai reçu trente-cinq messages d'hommes indiens qui me déclaraient leurs flammes !

–Câlice ! Ké c'est qu'tu m'dis là ! Tu t'es mise belle sur ta photo ?

–T'as mis les yeux dans la graisse de binnes m'dame ! ricane Jean-Benoît.

–T'as crousé ? enchaîne Marianne.

La tablée tripe, sauf les français qui ne saisissent mot.

–Montre la photo de ton profil, dit Ann-Josie.

Adèle s'exécute.

–C'est comprenable. T'es kioute ! Laisse faire !

–T'es gentille de dire ça d'une vieille.

–Noway, ça m'énarve ça ! coupe Mylène. Le chum y m'dis ça dans un message, mais farme ta yeule ! Décrisse !

–Ça fait du sens, dit Simon. Y a moins de femmes dans c'temps là.

–Pantoute, c'est pas une excuse ça.

Ann-Josie coupe à son tour Mylène.

–Mais t'sais un jour y m'a pris de poster une photo plutôt charmante de moi. Et à ce moment j'ai reçu un message d'un type qui me disait qu'il allait parcourir le monde pour me rencontrer !

–Han wouai ? coupe Jean-Benoît. Moi j'ai entendu une histoire. Je sais pas si elle est vraie. C'est un gars qui avait posé un œilleton entre sa chambre et la salle de bain. Oh boy, arrête ton voyeurisme !

–Hostie d'câlice d'maudit tabarnak ! J'aurais pété une coche ! ricane Ann-Josie les yeux au ciel.

–Va don' chier ! ajoute Mylène.

–Kétaine ! (ça craint !) J'te cré pô ! Mangeux d'marde ! rit Marianne.

–Noway... Y sont faites fourré ! (arnaquer) reprend Ann-Josie.

–Bin j'ai même entendu que le gars y mettait un cachet dans leur verre.

–T'es-tu malade ! Ça s'peut pas !

–Que t'es innocente Ann-Josie ! ricane Mylène. Des gens bizarres t'en as à tous les coins de rue ! Au travail. Au théâtre. Y sont un sur dix-mille c'est sûr. Mais si tu prends pas la peine de lire les profils...

Jean-Benoît, qui ne tient plus debout, se frotte les yeux.

–Les amis, je cogne des clous.

Ann-Josie intercepte le regard interrogateur de Jérôme.

–Il va se coucher.

La foule s'agglutine au coin d'une rue. Sous une coupole, des escaliers tapissés mènent à une grande salle de cinéma. Les gens se pressent de saisir les derniers sièges libres. Ann-Josie repère cinq places au dernier rang. Le rideau s'ouvre et un petit homme tenant un micro apparaît sous les applaudissements.

–Mesdames et Messieurs, bienvenue au festival de l'horreur.

A ces mots, la salle entière pousse des cris d'animaux. Un troupeau de brebis bêle en bas à gauche tandis que sur sa droite un troupeau de cochons grouine.

–Pour cette dernière soirée, le clou du spectacle, voici The Killers !

A l'annonce du film, les animaux redoublent d'excitation. Désormais s'ajoutent les cancanements, chicotements, criaillements ou autres cacabements.

–Esprit ! C'est chrisment drôle Jean-Benoît. By the way, j'savais pas qu'il y avait une ferme par là.

–C'est pas une ferme, c'est un zoo, renchérit Jean-Benoît. Crois-tu j'entends des macaques ?

–C'est de toute beauté !

La première scène commence dans une chambre aux murs aseptisés. Une japonaise bâillonnée pleure d'effroi. Elle est menottée sur un lit. Quand soudain un jeune homme portant un passe-montagne l'observe. Ses yeux bridés sourient à sa victime. Il sort de derrière son dos un marteau avec une délicatesse qui tient en haleine les spectateurs. Quand un coup de marteau explose littéralement le crâne de la jeune femme. La salle exulte. Des cris de victoire assourdissants cognent les murs. Et ils reprennent de plus belle à chaque coup de marteau. Des spectateurs même se dressent et lèvent les poings au ciel. D'autres jettent du pop-corn sur les spectateurs de devant.

–Certain. Ils ont faim ! déclare Albertine.

–Ça fait deux semaines qu'on leur donne à manger, dit Jean-Benoît.

La même sensation que la veille perturbe le sommeil d'Albertine. La présence de quelque chose de vivant. Puis cette présence disparaît. Jean-Benoît entrebâille la porte, un boa autour du cou.

–T'sais elle t'apprécie la bête, murmure-t-il. Un de mes chums est véto. On l'avait consulté tantôt parce que le boa se comportait étrangement avec Ann-Josie. Il m'a dit que la bête avait simplement faim. Pis là il me dit que chaque nuit le boa s'allongeait à ses côtés, pis il s'étirait de tout son long pour s'assurer que son corps entrerait dans le sien le jour où il l'avalerait ! Je te jure… Sur ce, bonne nuit.

–Quoi ! beugle Jérôme.

–Qu'est-ce qu'il y a ? interroge Xavier.

–C'est Fukima. Elle m'a laissé une référence neutre.

–Elle explique la raison ?

–Elle se plaint de notre indisponibilité. Elle dit qu'elle a dû visiter Paris par ses propres moyens.

–Y a pas écrit agence de voyage…

Dans sa boîte un message d'un hôte apparaît. Il s'agit de Walter chez qui ils vont surfer en Floride.

Salut Jérôme. Je viens de lire en détail ton profil. J'ai une petite question. Que s'est-il passé avec ce couchsurfeur qui t'as laissé une référence neutre ? Merci pour ta réponse. Walter.

Si tu ne sais pas lire, demande à ta fille de le faire pour toi…

Message effacé.

Le bus qui roule en direction de l'aéroport est bondé. Étrangement, personne n'a de valise. Ce qui intrigue grandement Adèle et Xavier. La campagne remplace peu à peu la civilisation. Comprenant ce qui est en train de se passer, Xavier fonce à toute allure vers le chauffeur.

–On roule en direction du nord.

Ils sont aussitôt débarqués au milieu de nulle part. Adèle angoisse et devient irritable. Le ton empreint de tristesse, elle incrimine peu à peu son ami :

–Je vais le rater ce fichu avion. Et puis si c'était le destin ? Peut-être que je ne dois pas le prendre ?

–Ne dis pas ça. On t'attend à Paris. C'est important que tu gardes ton boulot.

Résolue à se montrer de mauvaise humeur, elle continue son interrogatoire.

–Qu'est-ce que tu envisages ? Tu restes combien de temps là-bas ?

–On pense rentrer dans une semaine.

–Vous allez vous éclater alors… sans moi ou avec moi, finalement c'est pareil.

–Laisse tomber.

–Il m'a fallu quatre ans, mais aujourd'hui je te connais mieux que quiconque. Albertine n'a pas besoin de me raconter des balivernes. T'as toujours été un électron libre !

–Tu t'emballes Adèle.

Décomplexée, Adèle décide d'enfoncer le clou :

–Tu me prends vraiment pour une idiote ! Et mon frère qui prend fait et cause pour toi ! Il te couvre à chaque fois !

–Baisse d'un ton s'il te plaît…

–Mais qui nous entend ici, hein ? Dis-moi !

Le bus retour leur file sous le nez. Adèle se tient au milieu de la route. Lorsqu'elle aperçoit une *Porsche* blanche, elle tend les bras vers l'avant. La voiture freine puis s'arrête. Un jeune baisse la vitre et s'accoude. Il souffle la fumée de sa cigarette par le nez. Derrière ses *Ray-ban*, il la dévisage.

–S'il vous plaît, je dois aller à l'aéroport. Vous pouvez m'y emmener ?

En s'adressant à lui, elle réalise qu'il est torse nu, et que ses deux potes à l'arrière ne sont guère plus vêtus. Tant pis.

–Qu'est-ce que tu fais Adèle ? demande Xavier.

Elle l'ignore.

–Allez, je vous en prie. Je vais rater mon avion.

Le jeune se tourne vers ses potes, puis il la considère en souriant.

–Pas de souci. Grimpe ! Par contre on n'a qu'une seule place…

Adèle se retourne et regarde Xavier.

–Désolée.

Et elle s'engouffre dans la *Porsche* qui démarre sur les chapeaux de roues.

–Mais tu les connais même pas, murmure Xavier.

L'aéroport s'étire indéfiniment. Combien de comptoirs, combien d'agents Adèle a-t-elle croisés? A bout de nerfs, elle s'accoude au comptoir et tente de reprendre son souffle.

–Bonjour madame, je suis enregistrée sur le prochain vol qui part dans quarante-cinq minutes.

–Désolée madame, mais les contrôles sont terminés depuis un quart d'heure.

–Oui, mais j'ai raté le bus. Ce sera rapide de me contrôler.

–Désolée à nouveau, je viens de vous dire que les contrôles sont clos. La procédure est ce qu'elle est. Malheureusement, je ne peux que vous conseiller de prendre un billet pour le vol de quatre heures, il reste encore trois places.

–Vous rigolez ? Si je ne m'étais pas trompé de direction dans ce foutu bus j'aurais été à l'heure. S'il vous plaît, faites un effort.

–Tout dans la vie est une affaire de détails chère madame. Il faut prendre ses précautions.

–Jamais je ne pourrai me payer un autre billet.

Inflexible, l'hôtesse campe sur sa position.

–Madame, soit vous payez la somme de mille-cinq-cents dollars, soit je dois vous demander de vous écarter pour laisser passer les personnes suivantes. Chèque, espèce ou carte bleue ?

–Mille-cinq-cents quoi ?

Les bras lui en tombent. Que lui reste-t-il à faire ? Se faire embaucher en tant qu'agent de propreté pour pouvoir se payer le luxe de rentrer chez elle ? Folle de rage, elle donne un coup dans le terminal. L'appareil vient cogner le visage de l'hôtesse. Ce qui provoque un tintamarre infernal.

–Appelez la responsable ! Je ne vous donnerai pas le moindre centime ! Je vais monter dans cet avion, fin du débat !

La responsable, un bout de femme de cinquante ans, arrive tous azimuts.

–A titre exceptionnel, on accepte que vous puissiez embarquer sans repayer. Mais vous devez prendre l'avion de quatre heures. Maintenant, sachez que j'aurais pu appeler la sécurité, et croyez-moi, vous auriez eu de sacrés ennuis ici. Vous vous êtes mise en porte à faux et cette affaire aurait pu aller très loin. Pour moins que ça, on a refusé à des voyageurs de remettre les pieds dans ce pays.

Les secousses inhabituelles de l'avion agitent les gamins de derrière. La voix de l'hôtesse est d'une décontraction rare.

« *Nous arrivons à Fort Lauderdale airport. L'heure locale est de 16h32. La température extérieure est de 73,4 degrés Fahrenheit. Merci de rester assis et de maintenir les ceintures attachées jusqu'à extinction des consignes. L'équipe vous remercie d'avoir voyagez sur notre compagnie. Nous espérons vous revoir prochainement. N'oubliez pas vos bagages. »*

En sortant de l'avion en queue de file, Jérôme croise l'hôtesse, une jolie métisse accoudée à une tablette, plongée dans son smartphone, sans même un regard pour les clients. Une nonchalance jamais vue à un tel poste. Mais cette fille le fait sourire.

A l'aéroport, la file d'attente s'étire à l'infini. Chacun attend de se faire tirer le portrait. L'hôtesse dépasse la file en tirant sa valise. Au passage elle fait un clin d'œil à Jérôme. Sur le côté, Xavier s'attelle à remplir le formulaire ESTA en le lisant à haute voix.

–Avez-vous comme projet de commettre des actes terroristes ? Non.

–Avez-vous comme projet d'enlever un enfant ? Non.

–Avez-vous pris part au régime Nazi ? Non, je n'étais pas né.

Arrivés au comptoir, le douanier réceptionne les formulaires.

–Vous avez une adresse ici ?

–Euh… attendez…

Xavier cherche dans son portable l'adresse de Walter.

–Terramar Street.

L'homme tape sur son clavier.

–Y a pas d'hôtel là-bas. Vous logez comment ?

–Chez quelqu'un qui nous héberge.

–C'est quelqu'un de votre famille ?

–Non. On s'est rencontré sur internet. Il nous héberge gratuitement.

–Et qu'est-ce qu'il y gagne ?

–Rien. C'est le principe du Couchsurfing. Rencontrer des gens qui nous font découvrir leur ville, leurs amis.

Le douanier se lève, hilare, et s'adresse à ses collègues :

–Les gars, écoutez ça ! Ils vont loger gratuitement chez des gens qu'ils ont trouvés sur internet !

L'arrière comptoir se met à rire et à contrôler leurs respirations en posant les mains sur leurs ventres.

–Bah ouais, vous ne connaissez pas, balbutie Jérôme, s'efforçant de ramener son interlocuteur à la raison.

Les bateaux sont amarrés au bord du rivage. La promenade qui s'étend le long de l'océan, ombragée par des palmiers parfaitement alignés, est réservée aux piétons. Une large ceinture de restaurants de fruits de mer la compose. On ne peut pas faire deux pas sans croiser un bar. En bordure de celle-ci est bâtie la ville de Fort Lauderdale, à cinq jours de cheval de Détroit. Elle s'étend en profondeur mais pas en hauteur comme sa célèbre voisine Miami. Au bout de la promenade le yacht de Walter est reconnaissable parmi les autres grâce à son drapeau irlandais qui flotte dans l'air brûlant. Walter, bientôt la cinquantaine, est un vieux de la vieille en matière de Couchsurfing. Les français le réalisent lorsqu'ils visitent une pièce du super-yacht à moteur décorée avec des drapeaux des pays d'origine des couchsurfeurs. Pas moins de cent-vingt-sept différents. De la Colombie au Surinam, en passant par la Moldavie. Walter est à la retraite depuis dix ans. En réalité il n'a jamais eu besoin de travailler, ses parents lui ayant légué une partie de leur fortune. L'homme passe tout son temps à voyager et à s'amuser avec ses amis mondains. Deux vieux amis discutent avec lui autour d'une table.

–Bonjour les jeunes ! Asseyez-vous. Voici Arnold et Gérald.

L'un d'eux ressemble à un pruneau lyophilisé. Certainement le fait d'avoir passé sa vie sous le soleil de Floride, songe Jérôme.

–Nous nous chamaillons depuis notre réunion de cet après-midi au sujet des armes.

–C'est les êtres humains qui tuent d'autres gens, pas les armes à feu, coupe Walter. Ce serait comme accuser les fourchettes de rendre les gens gros. On va pas interdire les fourchettes pour lutter contre l'obésité quand même !

–Votre avis nous intéresse les petits jeunes !

–Bah c'est quand même les gens qui appuient sur la gâchette, ose Albertine.

–Bon, on va pas se bagarrer pour ça, dit Walter.

Le pruneau attaque de plus belle.

–Walter prétend que c'est lui qui a ameuté le plus de gens dans notre association. Foutaise !

–De quoi vous parlez ? demande Albertine.

–Nous pouvons dire à quatre-vingt-dix pourcents que nous sommes gay, avoue-t-il. Nous avons créé une association pour notre communauté.

–A votre âge vous ne savez pas ? lance Xavier, songeur.

–A vrai dire, on fait partie d'un club qui se réunit tous les dimanches. Et je m'y suis fait mes meilleurs amis.

Cette révélation est l'occasion d'exhiber sa dentition dont toute la partie inférieure est déchaussée. Ce qui paradoxalement lui donne un air de bébé chaque fois qu'il ouvre la bouche.

–Ici nous sommes au cœur du quartier gay. Définitivement. Ce soir on peut y jeter un coup d'œil, c'est la fiesta, dit Walter en léchant le tesson de bouteille.

–Sérieusement ? demande Xavier.

–Yeah… répond Walter qui laisse un bout de sa langue dépasser entre les incisives.

–Walter nous a expliqué le principe du Couchsurfing. Vous restez en Floride combien de temps ?

–Cinq jours, répond Xavier sèchement.

–Où allez-vous dormir les prochaines nuits ?

–On n'a pas encore réfléchit.

Le vieux s'adresse à Walter :

–Ils restent deux nuits sur ton bateau ?

–Oui. Après je remonte la côte.

–Vous pouvez venir chez moi. J'ai un grand appartement avec trois chambres.

–Ou chez moi, devance l'autre.

–On y songera, se contente Jérôme.

Volte-face subite, Walter change de discours.

–Bon allez les jeunes, arrêtons de nous prendre la tête avec toutes ces considérations, qu'est-ce que vous dites d'aller jeter un œil au pont?

–Carrément ! s'emballe Xavier.

Sur les divans en velours du salon, une jeune fille aux nattes brunes téléphone. Elle porte un deux pièces. Elle ne prête pas attention aux inconnus. Elle se lève, croise Xavier, quitte la superstructure du pont principal et se dirige vers la poupe. Elle s'accoude sur le rebord comme pour respirer l'air marin. Son regard méditatif est fixé sur l'écume.

–Tasneem, vient dire bonjour à nos amis, demande Walter à sa fille.

Ses lèvres ébauchent un sourire énigmatique.

–Hi, se contente-t-elle de lancer. Puis elle continue sa conversation.

Walter continue le tour du propriétaire. Il montre une petite cabine de treize mètres carrés dans laquelle Albertine pourra dormir. Puis celle de Jérôme et Xavier. Enfin, un jacuzzi brille sous le soleil de Floride.

–On peut piquer une tête ? s'enflamme Jérôme.

–Il est tout à vous !

A peine eut-il le temps de leur donner son accord que les jeunes plongent bruyamment. Walter esquisse un sourire de satisfaction. Il se tient bras croisés sur le rebord. Un moment immobile, il grimpe les escaliers et rejoint son bureau. On eût dit que l'architecte avait conçu cette pièce pour que son propriétaire bénéficie d'une vue imprenable sur le jacuzzi extérieur.

Walter jouit de sa position supérieure. Spatiale en premier lieu. A cette hauteur, il domine ces petits jeunes. En second lieu, il domine par sa possession matérielle qu'il met à disposition des nécessiteux. Il n'en perd pas une miette. Il profite au maximum de la vue offerte. Entre deux frappes, son regard est insistant. Ce regard, Jérôme l'intercepte.

–Il nous scrute. Ça me met mal à l'aise.

–T'inquiète pas, il y a sa fille je te rappelle.

–De toute façon il fait trop chaud, dit Jérôme.

Puis il sort de la piscine et se dirige vers sa cabine.

Sur le bateau, tout le monde dort. Xavier passe la tête dehors. Il traverse à pas de loup la superstructure jusqu'au salon où une petite lumière tamisée apparaît. Tasneem lit paisiblement. A côté, une fille moins gracieuse se cure le nez. Il s'approche et décide d'y aller sans réfléchir. Il s'adresse à Tasneem.

–Je peux m'asseoir ?

–Pas de problème, j'allais finir.

–Tu vis avec ton père alors ?

–J'ai cette chance oui. J'adore vivre sur un bateau. Tu ne sais jamais où tu seras le lendemain.

–Au moins tu évites la routine.

La lumière près de son visage dévoile des taches de rousseur cachées par une peau mate. Ses traits fiers, réguliers égalent en beauté ceux de Dzana. Ses lèvres sont parfaitement modelées. Ses joues ont des contours polis. La largeur de ses hanches est conçue pour faire rouler les dés dessus. Ses yeux d'un vert menthe sont agrandis de cils épais. Elle a tout pour séduire les plus récalcitrants. «*Jusqu'aux amis de son père*», songe Xavier. La perception oculaire est néanmoins altérée par la sœur touchée de disgrâce. Meryl offre, au premier aspect, une vague ressemblance avec Scarlett Johansson en plus moche; même voix rauque, visage ovale, lèvres pulpeuses, les pupilles couleur jonquille, maquillage outrancier, poitrine dodue, manière plutôt vulgaire de mâcher son chewing-gum tout en analysant, toisant, reluquant de la tête au pied. Soudain, un bruit surgit de la cabine. C'est Jérôme qui s'approche à son tour.

–Je peux m'asseoir ?

–Où ? interroge Xavier.

–Bien sûr, répond Tasneem.

–Qu'est-ce que tu lis ?

–Tu t'intéresses à la littérature maintenant ? coupe Xavier.

–Je m'intéresse à énormément de choses, contrairement à toi.

–Vous avez fini ? intervient Tasneem. On est là pour s'amuser. On va danser. Ça vous dit de venir ? Je connais un bar branché sur le quai. C'est à moins d'un kilomètre.

–Parfait pour moi, avance Xavier.

–Je suis partant, dit Jérôme.

–Ok, alors allez vous changer et je vous attends dehors. Et réveillez votre copine. J'aimerais la connaître.

–Une soirée décadente au tempo enivrant de la musique électro tintée de déhanchements lascifs des pin-up ! s'enflamme Meryl.

–Toi tu as le don de motiver les troupes… répond Jérôme.

Sur le quai, l'air ne s'est pas refroidi. Xavier se montre déjà tactile avec Tasneem.

–C'est bon, cesse de me regarder de cette manière, anticipe Xavier en s'adressant à Albertine. C'est pas le baiser de Nador que je sache.

–Si monsieur, vous êtes en état d'arrestation. A présent tout ce qui sera dit pourra être retenu contre vous.

Meryl porte des escarpins trop fins qui lui donnent une démarche de canard. Elle s'approche d'Albertine.

–C'est quoi ton nom ?

–Appelle-moi Jocelyn Brown, s'amuse Albertine, l'échafaudage capillaire démonté par le vent.

–Tu chantes aussi bien qu'elle ?

–Mieux encore, je vise carrément une carrière internationale.

–J'aime bien ton humour. T'es singulière comme nana.

Sur la piste de danse, les hommes se bousculent pour distribuer des billets d'un dollar à un drag queen, sosie de Whitney Houston. Parmi les hommes, Tasneem lève le bras et se trémousse. Dans ce lieu, elle n'attire que peu de regards. Contre le bar, les autres sirotent un cocktail, à l'écart de la foule.

–Désolée les gars, je resterai bien discuter mais les sucs gastriques rongent mon estomac, se plaint Albertine en se frottant la bedaine. Je vous abandonne une minute, les toilettes me réclament.

–Charmante, marmonne Meryl, une paille entre les incisives.

–Qu'est-ce qui lui prends de nous amener dans cet endroit ? demande Jérôme.

– Elle joue avec nous, elle nous teste. Regarde-là parmi la foule, elle nous nargue.

–Comment ça ?

–Elle sait qu'on n'ira pas au milieu de ces mecs la chercher. Elle se fait désirer tout en restant hors d'atteinte.

–Moi j'y vais, lance Jérôme.

–A tes risques et périls...

–Quoi ? dit Meryl.

Jérôme s'avance sur la piste et déjà il se fait bousculer par un couple de jeunes latinos absorbés par le show. Il arrive enfin à rejoindre Tasneem quand celle-ci s'avance vers le drag queen pour lui tendre un billet. Sa séduction est telle qu'elle n'a besoin d'aucun bobard pour l'embobiner. Jérôme la suit malhabilement le temps que Tasneem le contourne. Ce qui fait de Jérôme le gars le plus proche du drag queen qui le saisit et le fait tourner sur place. La foule hurle d'excitation. Xavier et Albertine croient s'étouffer de rire. Tasneem éclate de rire et applaudit. Jérôme, humilié, retourne en direction du bar, tête baissée. Nouvelle hilarité du trio.

–Bravo ! Excellent Tasneem ! jubile Xavier. J'applaudis des deux mains.

–Lui au moins, il a été courageux, rétorque-t-elle.

Cet aveu glace Xavier. Pour la première fois, une fille semble s'intéresser davantage au timide Jérôme plutôt qu'à lui. Pire encore, cette fille est belle comme un diamant.

–Bon, j'en ai assez pour ce soir, je rentre, dit-elle.

Puis elle traverse l'entrée et sort dans la rue. Xavier et Jérôme la suivent piteusement. En remontant sur le pont, Tasneem embrasse Jérôme sur la joue. Puis elle pose un regard sévère sur Xavier. Sans un mot, elle s'enferme dans sa cabine à double tour.

Le regard est éteint, les paupières tombantes. Le carmin est étalé à la perfection. Adèle prend une profonde inspiration empreinte de colère et d'amertume et ferme les yeux. A bientôt quarante ans, les premières rides commencent à apparaître. Elle devait être magnifique à ses vingt ans. Assise sur le perron de la résidence, elle éteint sa cigarette avec l'index. Elle se redresse, réajuste sa robe à fleurs, s'avance vers la porte puis s'enferme.

Un grand vide s'est installé dans l'appartement. L'odeur de renfermé laisse présager le pire. Aucune âme n'a occupé les lieux depuis plusieurs jours. Xavier en est certain. Tout a disjoncté. Il allume la torche de son smartphone et prend la direction de la chambre. Comme il le craignait, un papier est posé sur la table de nuit. Il reconnaît l'écriture d'Adèle.

Xavier,
Tu as choisi de vivre une autre vie. Une vie dans laquelle je n'ai plus ma place. J'ai donc exaucé ton vœu.
Au revoir,
Adèle.

Une grimace de mépris le défigure. Il dévisage un instant le mot avant de le chiffonner et le jeter par terre.

L'appartement est plongé dans le noir. Jérôme cogne la table basse et renverse une bouteille de vin qui éclate sur le parquet. Il réussit à trouver l'interrupteur. Xavier est assis au pied du canapé. La main droite couvre ses yeux rougis. Une violence extrême se dégage de lui. Les yeux injectés de sang, Xavier lève le regard sur son ex beau-frère. Jérôme comprend immédiatement.

–Tu t'attendais à quoi ?

Xavier ne répond pas. Pourtant il ne baisse pas le regard.

–Tu penses qu'elle resterait là sans rien dire. C'est pas une enfant.

–Qu'est-ce que tu lui as dit ?

–Rien. Elle n'a pas eu besoin de moi pour découvrir ce qui se passait.

–Je comprends pas. Le Canada s'est si bien passé. Comment elle a pu…

9

Combien ça va nous coûter ?

– Sandra, Svetlana, Junko, Kimberley... y a que des filles dans ses amis. Tu crois qu'il accepte des gars ? demande Xavier.
– Va voir les commentaires. Y a peut-être des hommes mais ils ne sont pas dans sa liste d'amis, dit Jérôme.
– Là !
– Où ? Mais non, c'est une fille avec une coupe de garçon. Encore un couch-chopeur...
– J'envoie quand même une demande.
– Attends ! Y a un commentaire qui revient souvent. Lis celui de Claire.

Protogène est une personne très accueillante. Il nous a accompagnées avec un ami à lui pour faire un tour en montgolfière. Les prix sont raisonnables.

– Il y a un autre commentaire qui revient régulièrement :

Protogène nous accompagne un peu partout dans la région. On rencontre ses amis, notamment un ami qui tient une agence de montgolfière. Seul hic, le carburant est à votre charge.

– C'est pas un esprit très Couchsurfing.
– Certes. En même temps il te permet de vivre des expériences que tu ne vivrais pas à l'hôtel.
– Vu comme ça. Bon, je fais quoi ?
– Envoie une demande.
– Attends. J'ai repéré un jeune qui a l'air super ouvert. Il a une centaine de

références. Seul problème, il reçoit tellement de monde en même temps qu'on risque de dormir par terre.

– Dans ce cas on amènera nos sacs de couchage.

– Trois nuits sur le sol risquent d'être fatales pour le reste du séjour. Ajoute les nuits passées dans le bus.

– On n'a pas le choix. Envoie une demande.

– Regarde ce profil :

J'habite un tout petit studio. J'ai un grand lit deux places que vous devrez   partager. Mais pas   d'inquiétude, je reste de mon côté !

– Regarde combien il a de références.

– Il en a quatre-vingt-dix. Et toutes positives.

– Envoie une demande.

A l'entrée de l'estuaire, le pont routier de Nyali qui relie l'île de Mombasa aux quartiers résidentiels offre une vue splendide sur le littoral de plages de sable blanc. Le quartier aux rues étroites donne accès au centre-ville en empruntant une colline à la pente abrupte. Après une traversée de taudis, en haut de la montée sèche, Protogène attend ses invités. Trois hommes se tiennent. L'un, svelte, à la démarche ferme et au teint frais, contraste avec un petit empâté à la démarche chancelante. Un autre échalas décharné, à la démarche mal assurée et aux yeux enfoncés semble être absent. Il a le teint cramoisi et la barbe en broussaille. Mal fringué, il bredouille des mots inaudibles. Son regard est impénétrable. A côté, le premier s'exprime avec aisance.

– Je suis Protogène. Lui c'est Solomon. Et lui c'est John.

D'un geste précipité, Solomon tend la main à Xavier puis la repose sur son cœur. Il répète son geste avec Jérôme. John l'imite.

– Je vous propose qu'on aille faire des courses, le frigo est vide.

Protogène promène le caddie qui déborde.

– Ici nous mangeons beaucoup. Je veux qu'à votre retour les gens vous disent « *comme tu as grossi* ». Ainsi, ils réaliseront qu'en Afrique nous ne mourons pas de faim.

Arrivés à la caisse, il vide le caddie assisté de John et Solomon. Jérôme gigote et cherche le regard de Xavier. Il se tourne et murmure :

– Tu crois qu'il faut qu'on paie ?

– C'est délicat. Y en a pour une semaine de courses et nous, on reste que trois jours.

– Je propose de faire moitié-moitié ?

Jérôme touche l'épaule de Protogène. Celui-ci anticipe la question.

– Laisse couler, vous êtes mes invités. Le jour où je viendrai chez vous, vous m'accueillerez de la même façon, non ?

– C'est des français ? demande la caissière.

– Ben oui. Je te jure, ils ont conservé leur courtoisie.

Sur le parking, Protogène charge la voiture. Tout le monde embarque.

– On ne rentre pas à la maison, dit-il en regardant Jérôme dans le rétroviseur. On va chez un cousin à moi.

La *Fiat* survit avec opiniâtreté aux routes défoncées de la campagne.

Le bruit combiné des cuillères qui cognent les assiettes, des verres qui trinquent, des théières qui heurtent les tasses, ou encore des couteaux qui tombent au sol, ressemble à un concert sauvage. Sous le soleil de plomb, des jeunes gens sommeillent sur des poufs de toutes les couleurs. L'odeur du café attire le quartier tout entier en ce début d'après-midi.

– Je connais tout le monde ici, se vante Protogène. Cet endroit m'apaise parce que tu profites du confort de ton salon et du soleil en même temps. Nulle part ailleurs tu trouves ça.

Protogène commande pour lui et pour ses amis car la carte n'est pas traduite. Lorsque le serveur revient avec un plateau plein, Protogène lève les bras au ciel en prononçant des mots en swahili. Puis ils croisent leurs têtes en guise de salut. Matoké, ugali au maïs accompagné de bœuf, giteri, mélange de céréales et de fèves recouvrent la table.

– Servez-vous. Si vous en voulez d'autres y a qu'à demander.

Protogène prend la théière et verse le thé à la menthe dans chacune des tasses. Puis il prend une bonne bouffée de narguilé.

– Comment vous allez vous rendre à Naïrobi ?

– On prend un bus de nuit.

Protogène réfléchit un moment, la tasse bloquée dans sa bouche.

– Faites attention, les français vous êtes en ligne de mire. J'ai un cousin qui peut vous accompagner. Ce sera plus sûr. Je vais l'appeler tout de suite.

Protogène prend son cellulaire et engage une longue conversation dans son dialecte.

Lorsqu'il raccroche, il est temps de partir. Xavier sort son porte-monnaie quand Protogène pose sa main sur la sienne.

– On ne paie pas ici. Le gérant est de ma famille.

Puis il se lève et va embrasser tout le personnel.

Dans le grand bazar, les commerçants alpaguent les touristes. Protogène se positionne en retrait et laisse ses invités naviguer à leur guise. Xavier jette son dévolu sur une boutique de fringues. *Tommy Hilfiger, Ralph Lauren*...les polos et les manteaux s'entassent sous l'excitation des français. L'excitation redescend aussitôt que le commerçant annonce son prix.

– Ça fait cent-soixante euros.

Protogène, qui n'a dit mot jusque-là, intervient.

– Tu as une chaise mon ami ?

– Pas de problème, lui répond le commerçant en offrant le thé et la cigarette.

Protogène et le commerçant se font face. L'ambiance est amicale. Protogène saisit la calculatrice.

– Pour ce polo je te donne huit euros. Pour cet autre polo, pas plus de dix euros.

Le commerçant commence à suer. Derrière lui les touristes allemands et anglais déferlent.

– Pour ces deux manteaux tu peux me les faire à vingt-cinq chacun. Enfin je te donne quinze pour ce sweat. Ce qui fait...quatre-vingt-trois.

– My friend, tu veux me tuer ? Les manteaux c'est de la qualité. C'est pas fait en Chine. Ton prix est plus bas que ce que ça m'a coûté !

– *Rouya*, j'ai vu le même à vingt-deux juste à côté. Je t'offre trois euros sur chaque.

Le commerçant est au bord de la crise de nerf.

– Ne me tue pas, please. Sans marge, comment payer mon électricité ?
– Mes amis sont français. Ne sais-tu pas que c'est la crise chez eux ? Tu récupéreras ta marge sur les allemands et les anglais.
– Pas de ça entre nous, please. Ne me tue pas je t'en prie.
– Écoute. On a pris beaucoup d'articles. Si ça ne te convient pas je trouverai ailleurs pour moins cher encore.
Un collègue, voyant le commerçant décontenancé, arrête les enchères sur quatre-vingt euros. Protogène lui sert la main. Au moment de récupérer les sacs, le commerçant demande une dernière faveur.
– Please, donne-moi un euro pour la cigarette et un euro pour le thé.

Le matin, vu du ciel, les travailleurs qui longent la route font penser à des fourmis en plein labeur. Le soir venu, les rues de Mombasa s'animent. Les mosquées se renvoient l'appel. Les paumes des *drebkis* frappent le centre de la peau des *Darboukas* à un rythme effréné. Certains musiciens sont débout et maintiennent leur instrument sous le bras gauche. Ceux assis coincent l'instrument avec leurs genoux et frappent avec souplesse. Un cireur de chaussure fait tomber sa brosse au pied de Xavier. D'un geste brusque, Protogène retient son bras.
– Il l'a fait exprès. Si tu la ramasses il va t'offrir le cirage. Puis il va réclamer son dû.
Le cireur esquisse une grimace puis s'en va.
– Je dois aller travailler au restaurant. Ça vous dit de venir ?

Le restaurant est majoritairement fréquenté par des français. Protogène installe ses amis à la première table près de la porte. Vêtu d'un tablier et d'une toque, il court partout pour satisfaire la clientèle exigeante.
– Je vais chercher la carte. Mettez-vous à l'aise, vous êtes trop coincés.
Xavier cherche le regard de Jérôme.
– C'est chic ici. Combien ça va nous coûter ?
– Un bras...
Protogène arrive plus vite que prévu.
– Je vous écoute, mime-t-il avec un crayon et un calepin.
Devant l'hésitation, il se permet de poursuivre.

– Boulettes cumin. Aubergines à la viande hachée et au yoghourt. Galettes au fromage. Pour commencer ça ira ?

Xavier et Jérôme ne disent mot. Quand Jérôme ouvre la bouche, Protogène passe déjà la commande aux cuisiniers.

– On aurait pris un hôtel quatre étoiles qu'on s'en serait mieux sortis…

– Qu'est-ce que t'aurais connu du Kenya ? Reste zen.

– Ça fait combien d'euros un shilling kenyan ?

– Tais-toi il arrive.

Protogène pose les plats sur la table, puis décapsule des bières locales.

– Je vous amène du vin de chez nous.

Les clients d'à côté qui sont français ouvrent de grands yeux.

– Vous n'avez pas mangé de la journée ? sourit l'un d'eux.

Xavier entame son premier plat quand Protogène arrive avec un second plateau.

– Voici notre spécialité : le nyama choma, une viande de chèvre grillée. Bon appétit messieurs. Je vous amène d'autres bières. Désirez-vous des sodas ou de l'eau plate ?

La bouche pleine, Jérôme fait un signe de refus.

Pour le dessert, Protogène apporte un savoureux mélange de papayes et des mangues.

– Je vous amène des sodas pour digérer.

Le restaurant est à présent vide. Le ventre rempli, Xavier s'affale sur la banquette.

– Je me sens mal…

Protogène est occupé à donner des ordres au subalterne. Il fait signe à Xavier de venir payer.

– Le moment de vérité. Ça va faire mal au cul.

Protogène tape sur les touches puis sort le ticket long comme un bras.

– Vous me devez ceci.

Xavier le relit trois fois. Le montant inscrit est zéro.

– Faites pas cette tête, la patronne est absente. Elle verra que dalle. Et puis j'ai quatre-vingt repas non consommés. Faut liquider les stocks. Allez, ça vous tente un concert ?

John reste concentré sur la route. En excès de vitesse, il reste soigneusement calé derrière un lièvre local.

– On fait pas trop d'appels de phare par ici. C'est pas comme chez vous hein ?

Le reste du trajet demeure silencieux. L'homme s'engage dans le centre *duty free* qui se situe juste avant le poste de contrôle des véhicules.

– Je dois renouveler ma carte verte.

– C'est quoi ?

– C'est l'assurance. Elle est valable seulement trois mois.

Un policier s'accoude à la portière, fixe les passagers arrière et s'adresse au conducteur. Au terme de la conversation, John se retourne vers Xavier.

– La carte coûte trente-cinq euros à régler en cash.

– Pourquoi il me dit ça ? demande Xavier.

– J'en sais rien. T'as la monnaie ?

– Désolé les gars, mais j'ai tout claqué dans l'essence. Le prix au litre est l'un des plus chers au monde.

Xavier s'exécute. Le policier sourit et la voiture démarre. John jette un coup d'œil dans le rétroviseur.

– Alors comme ça vous n'avez pas voulu faire un tour en montgolfière ? La vallée du rift vaut le coup d'œil.

– On n'a pas deux-cent-cinquante euros chacun. C'était pas prévu dans notre budget.

John fixe la route et accélère. Il ne dira plus un mot du trajet. Il se gare brusquement devant un immense terre-plein.

– Protogène avait des choses à faire. Ne le prenez pas mal. En ce moment son affaire tourne au ralenti. Allez salut.

Et l'homme appuie à fond sur la pédale, pulvérisant une soulevée de poussière aux visages des français.

Deux militaires armés de AK47 s'approchent, l'air méfiant. L'un avance son visage vers celui de Xavier et lui hurle dessus avec un jet de salive sans qu'il puisse se détourner.

– Ici, c'est pas un lieu pour des civils comme vous, dit-il d'un ton autoritaire.

Xavier présente son passeport. Le militaire le saisit et le scrute tel un correcteur de feuille d'examen qui cherche la moindre faute.

– Viens au poste !

Xavier s'exécute. Jérôme le suit mais l'autre militaire le repousse avec la crosse de son arme.

– Toi, reste dehors ! Attends un instant que l'on entre en liaison avec notre supérieur de vérification.

A l'intérieur, un commandant obèse affalé dans un fauteuil le dévisage et s'adresse à lui.

– C'est 500 dollars monsieur.

– Comment ça ?

– Ne faites pas l'innocent. C'est un terrain interdit ici. Qui nous dit que vous n'êtes pas un espion ? Ton ami peut partir mais toi, tu restes avec nous.

Xavier transpire. Il est acculé. Son ami est à l'extérieur. Il réfléchit quelques secondes.

– Je veux appeler l'ambassade française.

– Pourquoi faire ?

– Leur demander si votre procédure est légale.

Le commandant se lève difficilement. Il s'appuie sur la table déjà fragile. Il fait signe au militaire qui s'est avancé de laisser tomber car il a jeté un coup d'œil au passeport.

– Mon ami. N'allons pas jusque-là. Tout est réglé. Kagiso ! Kagiso !

Le militaire resté en retrait entre.

– Kagiso ! Va nous chercher le Mnazi pour nos amis ! Dépêche-toi !

Xavier fait signe à Jérôme d'entrer. Ils prennent place sur les fauteuils.

– Le Mnazi vous savez ce que c'est ?

– Du poisson ? dit Jérôme.

– Tchié ! Banane, c'est du vin ! On le fait avec les palmiers là que tu vois dehors.

Et ils descendent la bouteille ensemble.

Le regard perplexe, le réceptionniste scrute Jérôme qui observe une gare routière boudée par les touristes.

– On veut deux places pour Naïrobi.

– Vous avez une adresse ?

– Pas vraiment. On va chez un ami, répond Xavier.

– Si c'est un ami vous devez avoir son adresse ? s'impatiente le réceptionniste.

– Il vient nous chercher à la gare.

– Comment vous le connaissez ?

– Sur un site. On lui a envoyé une demande et il nous a acceptés.

– C'est quoi ce site ?

– Couchsurfing. C'est international.

– Hé Chris, tu connais *cochsurfi* ?

Le collègue au teint bruni, court sur pattes même assis, le regarde d'un air amusé.

– *Couchesurfi* ? Je sais pas mais ça a l'air bien bon. *Couchesurfi,* avec ketchup ou sauce mayo ?

Des rires de phoques résonnent dans le hall. Immobile, Jérôme sent les gouttes perler sur son front. Le réceptionniste reprend son interrogatoire.

– Comment vous vous déplacez ?

– En bus de nuit, répond Jérôme.

– Hé Chris, les petits jeunes ils veulent se faire trancher la gorge !

Les phoques reprennent en chœur.

– Mais non les petits jeunes ! Le Kenya est un pays très sécurisé. Tout le monde est gentil ici !

Après un temps de réflexion, d'un regard scrutateur, le réceptionniste ajoute :

– Bon séjour.

La gare routière grouille de bus. Ce mouvement c'est surtout celui d'hommes et de femmes qui déambulent sans cesse et qui donne le tournis. Tous sont en activité : commerçants de poissons, de beignets ou de robes traditionnelles, agents de compagnie, taxis-motos, coiffeurs... Xavier négocie le prix avec un taxi.

Le sol porte les marques de son âge. Tortueuse, la paisible route est couverte par une poussière profonde et ses bords sont défoncés. Les nombreuses ornières prouvent tout de même que cette route est fréquentée, souvent par des charrois. Un vieil homme à cheval, du haut de sa selle, toise le taxi. Il propose de montrer le chemin jusqu'à la maison de Sauveur.

Une fumée rousse vient de la ligne d'horizon à la rencontre des trois hommes. D'autres brises jaillissent. La poussière devient brûlante par la chaleur. En réalité, un rideau de poussière s'étend d'un bord à l'autre de la vallée peu profonde jusqu'à atteindre le minaret de la principale mosquée.

Le chemin jusqu'au village voisin de Naïrobi est jalonné de maisons. Sa pointe, en bordure de la chaussée, porte l'une d'elles. Des arabesques courent le long de la façade. Sur le seuil se tient péniblement un vieil homme pareil à un tas d'os sur lequel repose une peau flétrie. Il courbe l'échine et considère les inconnus. Après quelques secondes de vide, il se retourne.

– Osman... Quelqu'un est là.

Le vieil homme s'éclipse. Un jeune homme grand de taille et élancé se tient sur le seuil. Ses yeux minces sont tellement bridés qu'ils semblent un pli parmi d'autres plis du visage. Ses arcades sont nues, sa peau est tannée par le soleil, son nez est busqué. Il offre un sourire généreux.

– Vous êtes ?

Jérôme n'en revient pas. Son visage exprime l'hébétude. Le jeune homme ne semble pas les attendre.

– Jérôme. Et lui c'est Xavier. Tu es Sauveur ? Ou Osman ?

Le jeune homme sourit.

– Mon vrai nom est Osman. Mais Sauveur est mon pseudo. Un américain avait eu un mauvais moment en compagnie d'un couchsurfeur. Après quoi je lui ai proposé ma maison pendant deux semaines. Il était si reconnaissant qu'il m'a donné ce nom. Je l'aime bien.

A l'intérieur, des mauvais tapis que l'on trouve habituellement dans les refuges les plus pauvres couvrent le sol. Le salon est une pièce fantôme meublée d'un banc en bois vermoulu et d'un canapé futon. Au sol, un groupe de jeunes discute. Chacun attend son tour pour se présenter. Il y a Imran le pakistanais, Davut le turc, Kwan le coréen, Helina et Kermo un couple estonien, Karolina la suédoise et copine de Sauveur. Cette dernière prend la parole.

– Vous êtes les français ? Bienvenue.

– Tu vis ici ? questionne Xavier.

122

– Je vis ici depuis deux ans.

– Elle faisait du Couchsurfing. Elle n'est jamais repartie, dit Sauveur.

Cette révélation déclenche les rires. Le coréen pianote sur son ordinateur.

– Que fais-tu depuis tout à l'heure ? demande Sauveur.

– J'envoie une requête à l'administrateur pour qu'il bannisse un français insultant.

– Que fait-il ?

– Il a seize ans et menace d'enterrer les internautes dans son jardin...

Sauveur se tourne vers Xavier.

– Qu'en dites-vous si on prend le thé dehors ?

Autour de la table, tous les jeunes discutent en aparté. Quand Xavier pose une question qui capte l'attention de tous.

– Comment peux-tu accepter tous ces surfeurs en même temps ?

– Chaque passant est unique et mérite d'être accueilli. C'est vrai qu'on n'a pas beaucoup de place ici. Mais on s'arrange. Avec quelques coussins tout le monde peut dormir par terre.

– Moi je prends le canapé, dit Kwan en souriant.

– Vous êtes les derniers arrivés, reprend Sauveur. Vous devrez prendre le sol. Cela vous dérange ?

– Du tout, dit Jérôme.

Un nouveau couchsurfeur s'assoit. Il est malaisien.

– Je l'avais oublié... Nous sommes donc dix ce soir...

– C'est tous les jours comme ça ?

– A peu près, coupe Karolina. Parfois on fait un break d'une semaine.

– Ne me coupe pas la *fucking* parole ! lance Sauveur d'un air strict. Je finis mon histoire. D'ailleurs, s'il-te-plaît, termine le plat que je t'ai préparé.

S'opère une véritable mise en scène que le couple aime à répéter sous les regards amusés des visiteurs. Une sorte de jouissance. Karolina, mourante, se couvre d'une couverture.

– Mais Osman... J'ai de la fièvre...

– Ne me contrarie pas Karolina. S'il-te-plaît, mange.

La paupière droite de Karolina clignote nerveusement.

– Je ne dors pas avec toi Osman. Je vais te contaminer.

A cette phrase, Kwan angoisse.

– Tu vas prendre le canapé ?

– T'inquiète pas, dit Sauveur. On se tournera le dos. Tu peux garder le canapé.

Puis il s'adresse à Jérôme.

– Qu'est-il arrivé à Mombasa ? Vous deviez arriver ici dans deux jours.

– Le couchsurfeur voulait absolument qu'on fasse un tour en montgolfière. Quand on a refusé, il a prétexté qu'il avait des affaires urgentes à régler.

– Ce n'est pas un couchsurfeur. C'est un entrepreneur. On rencontre des gens étranges. Nous on a reçu un jeune une fois. Le plus raciste du monde. Les voyages ne lui avaient pas ouvert l'esprit. Je crois que son passage ici l'a changé.

Sauveur tourne la cuillère dans sa tasse. Il lève les yeux sur Xavier.

– Tu te demandes ce que je fais pour gagner ma vie non ?

– C'est vrai...

– Je suis professeur dans le village d'à côté.

– Tu n'as pas cours aujourd'hui ?

Karolina sourit.

– Aujourd'hui il s'est arrangé avec son directeur. Il avait un chantier à terminer ici.

– Et dans ce cas, qui te remplace ?

– A vrai dire l'administration n'est pas au courant.

– Et que font les élèves alors?

– Ils attendent. Parfois le directeur passe. Mais aujourd'hui il est à la grande foire agricole.

– Et pourquoi les filles ont les cheveux rasés ?

– Pour éviter qu'elles fassent ceci *(il mime une enfant qui se coiffe une natte)*.

Karolina rigole et s'adresse à Sauveur.

– Petite, tu ne fais pas ton exercice ?

– Je suis occupée, répond Sauveur en imitant la voix d'une enfant.

La pièce toute entière rit.

– Tu te moques de nous depuis le début en fait ? sourit Xavier.

– A peine... J'organise chez un ami un meeting Couchsurfing. Il ne connaît pas du tout le concept mais il a une grande villa avec piscine donc il peut tous nous recevoir. Et surtout il a insisté pour tous vous rencontrer. J'ai créé l'événement sur la page d'accueil. Nous devrions être une vingtaine.

J'ai un chantier à finir puis je vous rejoins. Karolina vous y conduira.

– Je prends le 4x4 ?

– Non, prends le scooter ce sera plus pratique pour transporter tout le monde.

Elle lui fait un clin d'œil et il lui lance la clé de contact.

– *Let's go everybody*. Prenez vos maillots avec vous.

Le 4x4 se gare devant un immense portail qui ressemble davantage à l'entrée secrète d'un bunker. Karolina prend son téléphone et compose le numéro de Polycarpe.

– Hey, c'est Karolina. On est garé devant ta porte. Tu nous ouvres ?

Le portail s'ouvre automatiquement. Le 4x4 se vide, à l'exception de Karolina qui appuie sur l'accélérateur et abandonne les autres. Sur son balcon, Polycarpe apparaît la mine déconfite en voyant le groupe.

– Où est Karolina ? Elle vient pas ?

– Apparemment elle avait des courses à faire en ville, présume Kwan.

– Mouais. C'est embêtant cette histoire de courses... attendez, je descends.

Polycarpe apparaît au bord de la piscine. Il porte des claquettes et une chemise froissée. Il salue tous ses invités. Il fait signe à ses domestiques de quitter les lieux.

– Prenez place, faites comme chez vous.

Des canapés encerclent la piscine.

– Alors comme ça vous faites tous du Couchsurfing chez Osman ? C'est cool ça.

– Ouais on est un peu serrés, mais la colocation fonctionne bien, rigole Kwan.

– Tu m'étonnes. J'ai proposé à Karolina de passer le week-end à la maison comme ça on profiterait de l'espace, j'ai cinq chambres. Y en a même une, je m'en servais uniquement pour faire pousser de la marijuana. Un vrai champ !

– Et alors ? demande Xavier.

– Bah le commerce il a pas plus aux autorités !

– Non, je parlais de la proposition que tu as faite à Karolina.

– Bah apparemment elle est pas chaude la nana ! Tant pis pour elle. Mais il est   sympa   Osman.

D'ailleurs, vous avez toujours vécu des bonnes expériences ?

– Pas vraiment, coupe Jérôme. On a connu des personnes supers, avec qui on a passé des moments inoubliables. Par contre on a eu quelques mauvais plans.

– Genre ? s'impatiente Polycarpe en grignotant.

– En Espagne. Le mec était trop tactile. Toujours à chercher le contact. En plus il nous a visionné un film porno.

– Terrible ! Vous vous êtes tiré ?

– Dès le lendemain.

– Faut passer au peigne fin les profils de ses futurs hôtes. C'est Couch-surfing votre truc. Hein, Karolina elle cache bien son jeu. Allez savoir elle prépare peut-être un scénario coquin...

– Moi, coupe Kwan, y a un couchsurfeur qui m'a mis un plan la veille.

– Ça arrive souvent ça, dit Xavier.

– Carrément ? Faut leur faire une sale réputation, s'enflamme Polycarpe.

– Ouais mais le gars supprime son profil puis en crée un autre juste derrière, reprend Kwan. Mais généralement, les mecs qui font ça n'ont pas de référence.

– Je vois... Bon, on pique une tête ?

Il fait déjà nuit et Osman n'est pas venu. Polycarpe raccompagne le groupe. Au volant, il téléphone à Karolina.

– Ma chérie, tes amis sont trop cool ! Si tous les couchsurfeurs sont aussi gentils, il faut absolument que je m'inscrive dès ce soir !

Ça fait bientôt deux heures que Jérôme contemple le plafond. Il regarde l'heure sur son portable. Il est 7h03. Le bus pour Kigali part à 9h. Il décide de se lever. Autour de lui tout le monde ronfle paisiblement. Il secoue légèrement Xavier et l'avertit de l'heure. Ce dernier se prépare discrètement. Sauveur apparaît à son tour.

– Les amis il est temps d'y aller à présent, le trafic peut être important ce matin.

– On est prêt, dit Jérôme.

– Prenons le minibus qui nous mènera à la gare routière.

Sur le bord de la route, un premier minibus plein à craquer passe sans s'arrêter. Un second suit, aussi rempli. Jérôme devient nerveux.

– Il est 8h10. On va le rater.

– Pas d'inquiétude, nous aurons le prochain.

A 8h17, un minibus approche enfin. Sauveur demande aux passagers de faire de la place. Les trois amis s'entassent tant bien que mal. Jérôme observe par la fenêtre la route défoncée. Le minibus subit de fortes secousses mais la circulation est fluide... jusqu'à 3km du centre-ville. Le trafic devient soudainement impossible. Le minibus avance de 100m tous les quarts d'heure. Les français regardent leurs montres constamment. Sauveur ressent leur nervosité.

– Conducteur, laisse-nous descendre.

Ce dernier s'exécute. Sauveur n'a pas le temps de mettre un pied à terre que déjà trois boda bodas, des hommes-motos, casques à la main, dérapent devant lui.

– Musungus ! crient-ils.

– C'est vous les musungus, dit Sauveur en s'adressant aux blancs. C'est notre seule chance d'avoir le bus.

Chacun grimpe sur une moto et enfile un casque. Sauveur prend un des deux sacs de Jérôme. Les trois boda bodas foncent à toute allure à travers la circulation qui devient de plus en plus folle. Les motos n'hésitent pas à rouler sur les trottoirs entre les commerçants de textile sans que cela ne choque personne. L'homme-moto qui transporte Sauveur s'arrête brusquement à l'entrée d'un rond-point. Il hésite puis il redémarre et prend à droite, perdant la trace des autres par la même occasion. Avec la vitesse le vent défrise, la poussière agresse. Les deux motos transportant Xavier et Jérôme traversent le grand bazar, et manquent de renverser des stands, puis s'en extirpent péniblement. Les motards empruntent une route goudronnée et accélèrent encore. Les français s'accrochent à leur pilote respectif. Cette course effrénée dure près de vingt minutes. Puis les motards ralentissent l'allure. L'un d'eux fait des signes de tête à répétition. Jérôme craint de comprendre. Ils ont non seulement perdu la trace de Sauveur mais également celle du bus qui se dirige vers la frontière rwandaise. Les motards freinent devant une station essence. Ils demandent un renseignement au pompiste qui ne semble pas avoir vu le bus passer. Le motard montre un signe de désespoir. Puis il finit par proposer à Jérôme de faire demi-tour en direction du centre-ville. Quand apparaît derrière eux le bus pour Kigali. Le motard s'excite et le pointe du doigt. Les boda bodas foncent dans sa direction et le contraignent à stationner. Les français descendent. Les motards rendent les sacs et l'un d'eux réclame l'équivalent de 5€. Jérôme fouille dans ses poches et sort son unique billet de 20€. Devant lui, le motard semble incrédule. Le chauffeur du bus descend et lui montre la conversion en shillings. Les motards exultent et redémarrent en trombe. Pas le temps d'attendre Sauveur qui détient un de leurs bagages. Xavier et Jérôme embarquent.

Épilogue

L'aéroport Charles De Gaulle grouille de monde. Jérôme rejoint à toute allure la salle d'embarcation pour le vol de Bogotá. Derrière, Albertine et Xavier s'échangent des amabilités malgré l'urgence de la situation. Assis sur son siège, Jérôme vérifie une dernière fois que tous leurs hôtes ne font pas défection. Après Bogotá, la route continuera vers Medellin pour finir à Bucaramanga. Pendant le vol, des visages défilent dans sa mémoire. Ceux de Zlatko le croate, Dzana la bosniaque, Jin-Sang la coréenne, Haï, Irene et Günther les allemands, Astrid la hollandaise, Iga la portugaise, Walter et Tasneem les américains, Ann-Josie et Jean-Benoît les québécois, Sauveur le kényan.

Il émerge, transpirant. Encore un de ces rêves. Le visage de Xavier s'imprime sur ses pensées. Ce matin, Jérôme n'arrive pas à l'effacer. Il se lève péniblement. Il se regarde dans le miroir de longues minutes. Chaque geste est un effort. Il fait sa toilette. Il enfile soigneusement son costume. Il claque la porte.

Le vide de la cafétéria le glace. Les yeux fixés sur la rue, il ne remarque pas le café qui coule sur ses *Carlington*. Aujourd'hui, cela fait dix mois que Jérôme a commencé sa mission à la direction de l'Union Européenne. Ses anciens collègues commencent leurs congés d'été.
– Jérôme, on nous attend en salle de réunion.
La voix de Mr Dilan, son supérieur direct, cogne dans sa tête comme une bille de flipper qui ne trouve aucun trou. Il jette son verre à la poubelle et sort un mouchoir de sa poche pour essuyer sa tâche. Dans les couloirs du quai d'Orsay, Mr le Ministre déboule à toute allure, escorté par ses conseillers. Il se contente de saluer Jérôme d'un hochement de tête. Au contraire, l'allure de Jérôme ralentit au fur et à mesure qu'il approche de la

salle. Son pas se fait nonchalant, puis hésitant. Il ne sait plus s'il faut mettre le pied gauche ou le pied droit devant. Toute la gestuelle qu'il maîtrise depuis qu'il a l'âge de parler semble s'être effacée de ses cellules. Il passe devant la salle sans un regard. Son pas s'allonge. Peu à peu il retrouve la mécanique. Il la maîtrise. Bientôt, ses deux pieds décollent du sol. Ses genoux montent au niveau de ses hanches. Ses psoas s'étirent au point de rupture. Ses coudes forment un angle droit. Son regard est fixé inexorablement vers la sortie. Et son sourire qui se dessine.

Vous pouvez laisser une critique sur Amazon, un commentaire sur la page Facebook du roman ou sur mon blog.

www.ingramcontent.com/pod-product-compliance
Lightning Source LLC
Chambersburg PA
CBHW060624130626
46555CB00002B/656